INZEST

TROJANISCHE PFERDE 3

Aus dem Französischen von
Christian Ruzicska und
Colette Demoncy

Christine Angot

INZEST

•

TROPEN VERLAG

Mit freundlicher Unterstützung der
Kulturabteilung der Französischen Botschaft in Berlin.
Avec le soutien du
Service culturel de l'Ambassade de France à Berlin.

Reihe Trojanische Pferde 3

Erste Auflage 2001

www.tropen-verlag.de

Die Originalausgabe erschien 1999 unter
dem Titel »L'inceste« bei Éditions Stock, Paris.

Umschlag unter Verwendung einer Arbeit von Rosemarie Trockel,
»Herd 36/1992«, Courtesy Monika Sprüth Galerie, Köln
Reihengestaltung nach Entwurf von Sean McDonald, New York

Gesamtherstellung: Wiener Verlag, Himberg
Printed in Austria

ISBN 3-932170-47-4

Ich sollte dir dies hier nicht widmen,
meine schöne, und wie du mich gebeten
hast hinzuzufügen, liebe Léonore.

Der Winter kehrt wieder
Schau, der Himmel ist bewölkt
Und der Schnee setzt wieder ein
Singt in meiner Seele Weihnachten
Singt das Göttliche Kind
Weihnachten, Tage des Glücks
Kindheit, meine zarte Kindheit

Charles Trenet
Wiederkehr der Jahreszeiten

NO MAN'S LAND

Drei Monate lang war ich homosexuell. Genauer, drei Monate lang, glaubte ich, dazu verurteilt zu sein. Mich hatte es tatsächlich erwischt, ich machte mir keine Illusionen. Der Test bestätigte es. Mich hatte es mehr und mehr gepackt. Nicht mit den ersten Malen. Kraft der Blicke. Ich verfiel dem Prozeß, meines Untergangs. In welchem ich mich nicht wiedererkannte. Das war nicht länger meine Geschichte. Das bin nicht ich gewesen. Und doch, sobald ich sie sah, bestätigte der Test stets das gleiche Ergebnis. Ich war homosexuell, sobald ich sie sah. Zu mir fand ich wieder, danach. Immer wenn sie verschwand. Auch sonst, selbst in ihrer Gegenwart, fand ich manchmal wieder zu mir, meine Tochter fehlte mir auf Reisen, während längerer Abwesenheit von drei, vier Tagen so sehr. Der Eindruck, die einzige, die ich wirklich liebe, zu verraten. Der ich all meine Bücher gewidmet habe. Unmöglich zu schreiben. Wenn man nicht man selbst ist. Es wirkte sich auf meine Sexualität aus. Anfangs war ich unbefriedigt. Und dann. War ich es nicht mehr. Ich war es mehr und mehr nicht mehr. Bis auf eine Sache (ich komme später darauf zurück), die ich nie mit Lust getan habe. Eine greifbare, die den ganzen Rest miteinbezieht. Bis auf ein Mal, ich erinnere mich daran. Ich machte es sozusagen nie. Abgesehen davon war ich durch und durch homosexuell, geworden. Scheinbar. Sobald ich sie sah. Bis auf dieses Detail. Während ich im Grunde meiner selbst hetero geblieben bin. (Aber, bloß keine Theorie.) Ein Detail, das mir Garantie gewährte. Ich war vollständig homosexuell geworden, bis auf. Während einer kurzen Periode, aber immerhin, drei Monate. Es kamen keine Männer in meinen Phantasien vor, überhaupt keine, im Gegenteil, rivalisierende Frauen. Ich einerseits und Rivalinnen unter sich. Die Homosexualität faszinierte mich. Man ist nicht von sich selbst fasziniert, ich war nicht homosexuell. Und dennoch. Ich verspürte schließlich eine ungeheure Begierde. Sobald ich sie ankommen sah, war ich gepackt. Selbst jetzt noch, dem Druck standhalten. Selbst jetzt noch. Daß ich mich davon abhalte, sie anzurufen. Sie bei ihrer Arbeit anzurufen, ist meine Spezialität. Anfangs amüsierte es sie. All die »netten Anrufe«. Die Sekretärin kannte meine Stimme. Bestimmt. Recht schnell. Sekretärinnen erkennen mich. Sie wissen sehr bald, daß es sich um Christine handelt. Ich belästige, ich verbeiße mich. Ich zeige es, ich schäme mich nicht. Die Waffe wendet sich ja doch früher oder später gegen mich. Ich verwende sie. Mein vorheriger Verleger sagte »wir haben es mit einem Serial-Killer zu tun«. Ich habe Lust, ihn manchmal anzurufen, auch ihn. Mein Vater hat Alzheimer, typisch, ich rufe andere an. Ich rufe an. Sie, ich kann nicht zählen wie oft. Ich rufe wieder an. Ich lege auf. Ich rufe nochmal an, um zu sagen »und ruf mich bloß nicht zurück«. »Ich will nichts mehr von dir hören.« Man ruft mich nicht zurück. Ich rufe wieder an. Ich sage »du hättest mich zurückrufen können. Du hättest mich niemals angerufen, nie! So mutig bist du nicht! Einmal anzugehen gegen das, was ich von dir verlangt habe. Obwohl du ja genau weißt ... daß es das nicht ist, was ich will. Du weißt sehr wohl, daß das, was ich sage, nicht der Realität entspricht. Was ich will. Sondern ihrem Gegenteil. Nach drei Monaten, du hast das immer noch nicht begriffen. Du weißt das. Wenn du es nicht weißt, na dann«. Das Verhalten eines Kleinkinds. Ich bin mir dessen sehr wohl bewußt. Anfangs nicht, es war normal, sie an ihrem Arbeitsplatz anzurufen, zehnmal in einer Stunde. Sie behauptet, sie liebe mich. Wegen einer kaputten Glühbirne, einer aufgebrauchten Tintenpatrone, eines Faxes, das nicht durchgeht, um am Telefon vorzulesen, was ich gerade geschrieben habe, wegen einer Beklemmung, die aufkommt. Usw. Das Abendessen, werde ich geliebt, und ich habe vergessen, dir zu sagen, ich habe mir gesagt »ich rufe sie an, sonst werde ich es diesen Abend wieder vergessen haben«. Anfangs kommt es gut, es gefällt, es ist spontan, es bringt Abwechslung. Serienmörder, das ist Teil meines Charmes. Ich sage ihr, daß sie feige ist. Sie antwortet mir, daß ich wahnsinnig bin. Unausgeglichenheit macht mir keine Angst, es gibt andere, die das nicht aushalten. Darunter sie. Leute wie sie. Leute, die Grenzen haben. Ich habe keine. Sie, sie hat welche. Ich, ich habe keine. Sie erträgt es nicht. Wenn etwas so sehr ... neurotisch wird. Sie erklärt mich für verrückt. Mehrmals. Sieh das nicht als Vorwurf, du hast deine Gründe, das ist eine Feststellung. Gewisse Menschen haben Grenzen, du, du hast keine. Dennoch leide ich. Sie kann nicht mehr. Sie hat Grenzen. Wer könnte es schon? Ich lege auf. Ich gehe am Spiegel vorüber. Trotz meines Gesichts, rot, aufgebracht, finde ich mich nicht schlecht aussehend. Ich sage mir »ich bin mehr wert als das«, ich rufe sie nicht wieder an. Ich sage mir »ich rufe sie nicht wieder an«. Ich sage mir »wie kann sie es wagen ... zehn Jahre älter als ich ... und so schön nun auch wieder nicht«. Ich lege mich hin. Wir werden nun zu etwas anderem übergehen. Es gibt etwas anderes im Leben als Mademoiselle anzurufen. Ich entschließe mich zu lesen. Ich liebe es zu lesen. Es interessiert mich nicht. »Cœur furieux«, wütendes Herz, meines ist es noch viel mehr. Ich schlage das Buch wieder zu, ich versuche »Die letzte Versuchung Christi« zu sehen. Nach fünf Minuten lege ich mich aufs Sofa und weine. Kein Kinderschluchzen. Es wird schnell unerträglich. Ich frage mich, wen anrufen. Mit wem darüber reden. Welche Nummer wählen, um sofort loszuheulen nach dem »Hallo«, und dann darauf »was ist denn los?« Ohne zur Vernunft zu kommen, wieviele Nummern? Es gibt immer irgendwelche Angebote. »Wenn's dir nicht gut geht, ruf mich an.« Nein, sie. Sehen, ob sie mich, wie sie behauptet, bis zur Erschöpfung liebt. Und sonst, also wirklich! »Ich würde alles für dich tun«, aber keine zweihundert Anrufe erhalten. Jetzt sofort. Bei ihr zu Hause, auf der Arbeit, im Krankenhaus, während ein Patient vor ihr sitzt. Und dann. Ich rufe nicht wieder an. Ich bin erleichtert, endlich bin ich befreit. Uff, ich sage es sogar selbst. Ich sage, uff. Ich nehme das Telefon in meine Hände, ich lege es auf meinen Bauch. Ich sage mir, daß das gar nichts zu sagen hat, ich kann es sehr wohl jetzt hier auf meinem Bauch liegen haben, die Fernbedienung liegt ja auch auf dem Boden, was nicht heißt, daß ich fernsehe. Na dann! Also. Ich werde doch nicht, nur weil ich das Telefon auf meinem Bauch liegen habe, anrufen. Wie absurd! Es tut mir so unendlich gut, von ihr losgelöst zu sein. Da werde ich doch nicht auch noch zurückrufen, wo ich gerade anfing mich zu beruhigen. Außerdem habe ich nichts zu sagen. Rein gar nichts. Uff. Uff, ja wirklich. Ich wollte nicht. Ich war niemals homosexuell. Brüste, das hat mich noch nie interessiert. Meine inbegriffen. Eines Tages hatten wir uns schließlich ausgezogen. Sie sagte zu mir »berühr mich«. »Niemals.« Niemals könnte ich das. Ich hatte zu ihr gesagt, auch wenn es lange her ist, erinnere ich mich sehr gut daran, »ich fühle mich durch deine Brüste irritiert«. Sie hatte mir geantwortet »ah! nun, da hast du Glück, sie sind ganz klein«. Ja eben! wenn schon, denn schon, ich hätte es vorgezogen, sie wären größer gewesen. Als sie sagte »berühr mich« sprach sie aber nicht davon. Wenn man »berühr mich« sagt ... Nun gut, ich habe meinen Finger reingesteckt. Man hat sonst nie die Gelegenheit, etwas Gleichartiges zu berühren. Léonore hat ein Büchlein über den Tastsinn mit dem Titel »Kleine Tiere zum Kitzeln« aus der Reihe »Ein Streichelbuch«. Es gibt nichts Gleichartiges. Weder das kleine Plüschtier oder das aus Federn, noch das aus Spitze oder gar das aus Leder, weder das mit Lamée durchwirkte, noch das so kuschelige Stofftierchen, das Tierchen aus Teppichboden, weder das kleine klebrige Tierchen, noch das ausgepolsterte, noch das aus Samt, weder das kleine Tierchen, das knittert, noch das kratzige, noch Schmetterlingbonbons in Goldpapierchen, die sie sammelt. Als ich fühlte, wie glitschig das war! Ich zog meine Hand zurück. Das ist eigenartig. Zu eigenartig. Kraft der Blicke. Noch jetzt, ich darf nicht an ihre Augen denken. Ich bleibe anfällig. Ihr Blick ist ungeheuerlich. Für mich. Niemand hatte ihr das zuvor gesagt. Angeblich. *Sous-au-cun-pré-tex-te. Je-ne-veux. Devant-toi-surex. Poser-mes-yeux.* Unter-keinem-Vorwand. Möchte-ich. Vor-dir-überbe. Lichten-meinen-Blick.

Sie singt das manchmal. Das Telefon ist im anderen Zimmer, ich bin ungestört. Hier nun. Es ist gefährlicher, wenn es auf dem Bauch liegt. Ein kleiner Handgriff, und schon. Wie muß ich sie bei ihrer Arbeit gestört haben, so oft, wie ich angerufen habe. Bis zu hundertmal am Tag. Unmöglich zu zählen. Schluchzend, oder eiskalt »du bist eine Null, meine Arme, Arme, aber meine Arme, Arme, man sollte dir aufgrund verweigerter Hilfeleistung gegenüber einer gefährdeten Person die Approbation entziehen. Was für ein Schwindel, nicht ein Gran Menschlichkeit. Für eine leidende Person« ... »O.k., du willst, daß wir Freundinnen werden, ich rufe dich als Freundin an, komm.« Sie kam nicht. »Im Klartext, wir werden niemals Freundinnen werden, wir werden uns nicht mehr sehen, das ist völlig offensichtlich, abgesehen von der Sexualität, was gab es schon zwischen uns, das einigermaßen funktionierte, und nicht einmal das? ... Gib gut acht auf dich, meine arme kleine Süße, paß gut auf auf deine kleinen Ersparnisse, wenn man nicht kann, kann man eben nicht, nicht wahr? Kann man eben nicht. Paß auf, paß gut auf, ruh dich aus, ja, du bist ja müde, meine Liebe, ruh dich aus, und paß gut auf auf dein kleines Kapital, daß es unberührt bleibt. Für das Vermächtnis nach deinem Tod. Wenn du tot sein wirst. Für deine Familie.« Anspielung auf das Testament, das sie verfaßt hat, als sie acht Jahre alt war. Pitou für die Patentante. Der Mama die Hasen, aber nur, wenn man sie nicht schlachtet. Papa meinen Schreibtisch. Meinen Cousinen meine Bücher. Mein Spielzeug den armen Kindern. Françoise meine Kleider. Ich will mich beruhigen. Dieses verfluchte Telefon von meinem Bauch entfernen. Ich nehme die Kassette mit »Die letzte Versuchung Christi« raus, ich lege Deleuze ein, zumindest werde ich so meine Zeit nicht vergeuden. Zumindest das, meine Zeit. Buchstabe B, *la boisson*, der Alkoholismus. Ich rufe nicht an. Deleuze hebt unverzüglich das Niveau. Oh! Ja, ich habe viel getrunken. Ich habe aufgehört, Alkoholismus ist eine Frage der Menge. Man trinkt nicht wahllos, jeder hat seine Lieblingsgetränke, deren Maß festgesetzt ist. Man macht sich häufig über Alkoholiker und Drogenabhängige lustig. Weil »na! natürlich kann ich aufhören, wenn ich will«. Das ist der letzte. Der letzte Anruf, der letzte, letzte. Um nicht völlig davon angeekelt zu sein. Anzurufen. Wegen der Antworten. Ich höre auf, natürlich, wenn ich will. Nächsten Samstag, wenn ich aus Paris zurückkomme, heute Nachmittag, ich habe ja schon aufgehört, im Kopf schon vor langem. Mit ihr. Die einzige Frau, die ich liebe, ist Léonore, nicht sie. Aber ich kann es dir nicht widmen, dies hier, mein Liebling. Mein Liebling, wie ich zu dir sagte. Selbst wenn ich schon aufgehört habe. Anzurufen. Habe ich doch immer gewußt, daß ich aufhören kann, wenn ich will. Ich habe aufgehört, im Kopf schon vor langem. Und, Pech gehabt, ich werde Freitag allein nach Nîmes fahren. Wir wollten gemeinsam fahren. Ich werde den Zug nehmen. Ich habe ein Zimmer reserviert. Ich habe aufgehört. Heute, in einer halben Stunde, sofort, und, selbst das ist bereits geschehen, ich höre auf anzurufen. Wenn sie mich anrufen sollte, würde sie es bedauern. Sie wird es nicht tun, da sie nicht wagt, es zu tun. Und wenn sie es tut, wird sie es bedauern. Ich weiß, wie man Leute kaputtmacht. Ich werde ihr schreiben, das ist sicherer. Damit sie mich nicht mehr anruft. Endlich. Uff. Und übrigens werde ich ihr den Brief unverzüglich überreichen. Ich, höchstpersönlich. Es sei denn, ich schicke einen Kurier. Um ihr zu zeigen, daß das kein Vorwand ist, sie zu sehen. In ihren Augen, ihren schönen Augen, könnte es ja den Anschein eines Vorwands haben. Ich werde für diese Göre keine zweihundert Kröten hinblättern. Ich werde ihn selbst hinbringen. Diesen Brief. Verfaßt auf dem Briefpapier des Gramercy Park Hotel. Wo wir glücklich waren vor nicht einmal drei Wochen. Glücklich, nun, ich nicht durchweg. Am dritten Tag, Léonore fehlte mir so sehr, hatte ich wieder zu mir gefunden. Ich weinte heimlich, als sie sich duschte, rief ich Claude an, um Neuigkeiten zu erfahren. Zwei Tage lang hatte ich aufgehört homosexuell zu sein. Ich hatte sie aus meinem Bett geworfen. Ich habe keinen Ton darüber verloren, wissend, daß es vorübergehend war. Ich nehme also das Briefpapier, den Umschlag und das Blatt. Ich streiche den Briefkopf durch. Und unterschreibe ironisch mit »Dein kleiner Engel!« Aber meine Aufregung war ihr egal. Alles was sie wollte: daß ich mich beruhige. Ich habe ihr den Brief in die Praxis gebracht. Ich bin gerannt. Léonore ließ ich unter der Obhut der Mutter einer Freundin spielen. Ich hatte sie von der Schule abgeholt, ich war nervös, ich war weggegangen. Ich hatte sie bei der Mutter ich weiß nicht mehr welcher ihrer Freundinnen gelassen. Eine von denen, die immer auf der Bank sitzen. Es war heiß, ich war naßgeschwitzt angekommen, ich tropfte. Achtundvierzig Stunden lang, nur dadurch einigermaßen zu ertragen, daß ich rannte. Sie lachte und sagte »bis Samstag«, um mich zu beruhigen. Ich hatte sie im Röntgenzimmer aufgestöbert, als sie gerade Bilder entwickelte. In ihrer Praxis. Und zwar höchstpersönlich. In dem kleinen dunklen Zimmer. Ja, ich weiß, daß ich verschwitzt bin. Und ich hätte gern, falls das möglich ist, falls es nicht zuviel verlangt ist, dich das zu fragen, ich weiß, daß die Patienten nebenan warten, daß du ihn vor meinen Augen liest. Ich möchte ihn keinesfalls der Sekretärin überreichen. Ich möchte sie sehen, sie. Ich möchte sicher gehen, daß sie ihn hat, höchstpersönlich und sofort. Daß sie sich darüber klar wird, daß es diesmal aus ist, ich höre auf, Schluß. Ich bitte sie, wenigstens nicht zu versuchen, versuch bitte nicht, mich zurückzurufen, sinnlos. Ich möchte das nicht. Ich bin hierher gerannt, ich bin naßgeschwitzt angekommen, ich bin zwei Tage lang hin und her gerannt. Die Anrufe waren eilig, die Briefe waren dringend. Um so schnell wie möglich zum letzten Brief zu gelangen, zum letzten Telefonat. Und zum letzten Kuß, du kannst mich küssen, trotz allem. So schnell wie möglich. Die letzte weiße Seerose, der letzte Blick. Den Anrufbeantworter lasse ich an, ich filtere, ich nehme nicht ab, wenn sie es ist, na und wenn schon! Man macht sich häufig über Alkoholiker lustig, weil man sie nicht versteht. Man möchte beim letzten Glas ankommen, alles tun, um das zu erreichen, ein Alkoholiker hört nicht auf aufzuhören. Beim letzten zu sein. Ein wenig wie die Formulierung von Péguy, die so wunderbar ist, ich nenne meine Quelle, da ein Autor pro Satz reicht. Péguy, Guibert und eine Frau. Selbst wenn ich beim letzten Schluck angekommen bin, schon längst betrunken. Und wenn ich auch am Freitag allein nach Nîmes fahren werde. Ich habe ein Zimmer reserviert, in der Nähe des Jardin de la Fontaine, am nächsten Tag werde ich mit dem Zug zurückfahren. Die unbedeutende Schriftstellerin erzählt ihr unbedeutendes Leben. Thibaudet. Es ist wahr, ihr Blick ist schrecklich. Ein wenig wie die Formulierung von Péguy, die so wunderbar ist. Es ist nicht die letzte weiße Seerose, die die erste wiederholt, die erste wiederholt alle anderen und die letzte. Der erste Blick, die erste weiße Seerose, der erste Anruf und der erste Schluck, es ist der letzte, der zählt. Der Alkoholiker, der aufsteht, strebt dem letzten Schluck entgegen. Die ersten Augen, die allerletzten. Der letzte Blick: er schätzt ab. Ob er sich ohne zusammenzubrechen bis zum letzten halten kann. Mein Liebling Fünfzehn Uhr fünfzehn Ich habe Pitou mein Herz ausgeführt *Je t'aime* ich liebe Dich MCA. Ich habe noch nicht entschieden, wie ich sie nennen werde, ob X, anonym, MCA, oder mit ganzem Namen. Mein Liebling, fünfzehn Uhr fünfzehn. Nicht der letzte Schluck, aber der vorletzte, der vorletzte Schluck vor dem Neubeginn am nächsten Morgen, »na komm schon, ein letzter«, Alkoholikergesellschaften in den Cafés sind lustig. Die letzte weiße Seerose wiederholt die erste, man wird nicht müde dabei. Man hört auf, wenn es gefährlich ist, wenn es gefährlich wird. Aber, wenn es nicht von der Arbeit abhält, wenn es ein Stimulans ist, seinen Körper als Opfer anzubieten ist doch normal. Für etwas, das hilft. Etwas anderes zu ertragen. Was man ohne Alkohol nicht ertragen könnte. Berühren, eindringen, den Finger wenden, wieder herausziehen, ihn in den Mund stecken, das Feucht der Vagina zum Anus fließen lassen, das ist nicht das, was man nicht erträgt, sondern das, was an einem Sonntag, bei hellichtem Tag zu sehen war, das Licht strömte durch die weit aufgerissenen Glasfenster, ich betrachtete ihr Geschlecht, am Vorabend hatte ich Ausschnitte aus dem Buch »Wüstenblume« gelesen, von einer beschnittenen Afrikanerin, man könnte es abschneiden, sagte ich mir, mit einer Rasierklinge, mit einer Schere vielleicht, es anschließend zusammennähen, dann die Fäden aufschneiden, usw. Nicht aufs Geratewohl. Man würde genau das kleine, vom dickflüssigen Regen glitschig gewordene Fleisch abtrennen. Das, was man mitten am Nachmittag vom Leben gesehen hat, an einem Sonntag oder in der Wüste, ihr das Fleisch genau dort abtrennen, wo es strömt, dieses: *MCA aime CA,* MCA liebt CA. Ich habe entschieden, nicht mehr daran zu denken. Ihr nicht zu sagen »weißt du, was ich gerade dachte?« Sondern die Wunde durch sanftes Lecken zu beruhigen, solange noch Zeit war. Die weiße geöffnete Seerose wiederholt sich auch bei meiner Tochter, ich kann niemanden beruhigen. Nicht länger daran denken. Ich hatte zu ihr gesagt »es ist grausam zu lieben«. Sie hatte zu mir gesagt »nein, grausam ist es, wenn dir jemand entrissen wird«. Woraufhin ich geantwortet hatte »so ist es«. Man ist wie sich selbst entrissen. Ich machte es so gut wie nie. Von diesem öligen Regen beschmiert, kam ich mir zu seltsam vor. Ich sagte mir »wenn man mich sehen würde ...«, niemand sah mich. Trinken, um zu bewältigen, zweihundertmal mußte ich in den Tagen der Angst anrufen. So etwas ist normal. Und die Nacht. Wir machen Schluß, hier und jetzt. Das ist gestern passiert. Ich habe alles beendet. Ich rufe sie nicht mehr an, ich liebe sie nicht mehr. Wenn mir das wenigstens geholfen hätte zu arbeiten, selbst wenn ich körperlich dafür hätte bezahlen müssen. Aber die letzten achtundvierzig Stunden habe ich damit verbracht zu weinen, anzurufen, zu rennen, Briefe zu überbringen, zu rennen, um ein Taxi zu bekommen, das Taxi fuhr nicht schnell genug. Ich habe Schluß gemacht, aber nicht von allein: sie hat stopp gesagt. Sie konnte nicht mehr. Ich habe sie um ein letztes Wochenende angefleht. Um die Sache zu machen, die ich nie mache, lecken, ich kann es sagen, ich hoffte für immer davon abgestoßen zu sein. Sie wollte unter keinen Umständen, daß wir miteinander schlafen. Sie ist da, ist gerade aufgestanden. Wir werden uns als Freundinnen sehen. Freundinnen werden. Platonische Liebe. Anfangs war ich es, die das wollte. Man läßt sich vom Gegenteil packen. In meinem Interesse. Ich gab es vor. Das erste Mal, als ich sie sah, fand ich sie häßlich, eine kleine magere Brünette.   : Satz, den ich mir selbst zensiert habe, der ihr zu viel Schmerz bereitet hätte. Ihre Hände   mit den zu dicken Gelenken an den dünnen Fingern. Saubere Hände, die einer Ärztin, einer Frau, sauber, anmutig, sanft, die den Bauch eine halbe Stunde lang abtasten können, ich fühlte mich wohl. Anfangs, im November, habe ich es niemandem anvertraut. Außer den Freunden, die man an einer Hand abzählen kann. Daß ich verurteilt war. Außer diesen wenigen Freunden werde ich niemandem anvertrauen, daß ich mich da herausretten werde, daß es beendet ist. Und doch, die Testergebnisse bestätigten drei Monate lang: hundert Prozent positiv. Wenn ich mich herausrette, dann aus einer verhängnisvollen Krankheit. Mit ihr hätte ich sterben können. Ich habe ihr verrückte Briefe geschrieben. »Liebst Du mich? Liebst Du mich ganz und gar?« Die Antwort lautet Nein, ich habe sie jetzt. Nicht ganz und gar. Nicht meine Telefonausbrüche. »Ich bin sicher, daß wir uns lieben. Warum schaffen wir es nicht, zusammen zu sein? Ruhig, glücklich.« Wir versuchten voneinander loszukommen seit wir uns kannten. Drei Monate, einhundertfünfzigmal. Annie, am Telefon, banalisiert »es gibt keinen Unterschied, ja sicher, einverstanden, einen morphologischen«. Ich habe meiner Tochter das Leben geschenkt, mit ihr hätte ich sterben können, hier muß man jetzt aufhören. Es gibt Argumente. Die Verschiedenheit leitet sich vom Geschlecht ab, das ist das Leben, sagte mir eine befreundete Genetikerin. Aber ich konnte nicht aufhören. Der Test bestätigte es: positiv. So spielt das Leben, aber es reagierte, als sie mich leckte. Positiv. Ich dachte dabei nicht an meine Tochter. Danach, während der Liebkosungen, oft. Manchmal träumten wir. Die Wohnung, die eingetragene Lebensgemeinschaft, alles, was ihr gehört, sollte ich erben. »Ich liebe es, dich zu sehen, ich liebe es, dich ankommen zu sehen. Ich liebe dich, wie du bist. Ich liebe deine Haare, deine Augen, deine Brille, deine Kleider, deine Nase, deinen Mund, deine Taille. Ich träume: Wir haben ein Haus. Wir leben gemeinsam darin. Wir lieben es, alle beide. Wir suchen gemeinsam die Dinge aus, die wir lieben. Léonore ist da. Niemand hat etwas daran auszusetzen. Du liebst, was ich schreibe. Du liebst es sehr. Du fährst mit mir nach Paris. Wir lieben uns. Gemeinsam fühlen wir uns stark. Und mit Léonore. Pitou mein Herz wacht über sie.« Pitou mein Herz war der Spitzname ihrer Hündin. Sie war äußerst homosexuell, sie hatte alles, hatte das Kätzchen, hatte die Hündin. Ich war von der Homosexualität fasziniert. Léonore hat eine Freundin, Clara, autoritär, die die Mama sein will, immer. Sie beeilt sich, sagt es brüsk. Was ihr, Léonore, übrigbleibt, so erzählt sie mir halb schluchzend, sei, die zweite Mama zu spielen. Und sie hat nicht das Recht, Kinder zu haben, eine kleine Katze oder einen kleinen Hund, ja, aber das ist auch schon alles. Das macht mich krank. Drei Monate lang war ich wirklich außer mir. Ich glaube, ich liebte es. Ich wollte weitermachen. Noch ein wenig. Lassen Sie sie mir. Ich fühlte mich kräftig genug, es bis zur Neige auszukosten. Ich hätte sie weiterlecken können. Ich konnte noch. Widerwillig, aber was soll's? Alle waren beunruhigt, ich bin gerettet, alle werden beruhigt sein. Bis auf meine Feinde, wenn ich an den Mauern entlang schlich, freute es sie. Es fällt mir wirklich schwer zu glauben, daß das mir passiert ist. Ich habe den Eindruck, von jemand anderem zu reden. Diese Art Lebensstil paßte nicht zu mir, dieses Milieu, nichts für mich. Es gibt Leute, zu denen das paßt. Bei mir ist es ein Anzeichen für einen Virus. Ich reagiere heftig. An dem Tag, an dem ich dieses Buch beginne, in meiner Wohnung in Montpellier, wo ich allein mit meiner Tochter lebe, lasse ich den Anrufbeantworter laufen. Ich filtere. (Ich mache das nie, aber ich hege die Absicht, es zu tun. Dieses Mal. Sie wird es mit der Kassette zu tun bekommen.) Ich gehe denjenigen, die beruhigt sein können, meine Gesundheit, mein Körper, mein inneres Gleichgewicht, oder umgekehrt, denjenigen, die es »genial« fanden, ich gehe ihnen aus dem Weg. Ich weiß nicht mehr, mit wem und über was sonst reden. Die Leute dachten »sie bereitet ihr nächstes Buch vor, das ist abstoßend«. Guibert, der sich absichtlich das Blut injiziert hatte. Ich selbst mit vierzehn Jahren. Ich wollte Schriftstellerin werden, ich wollte stark beginnen, ich habe an Inzest gedacht, ich habe meinen Vater verführt. Dennoch war es für mich anfangs Niemandsland, eine Frau zu lecken. Sich dicht über dem Boden zu befinden ist atemberaubend. Heterosexuelle Frauen sind das nicht gewöhnt. Man erstickt in diesem Wald. Ein Mensch von guter Gesundheit besitzt zwischen 500 und 2.000 T4-Zellen, ich war außer Atem. Annäherungen sind schwierig, grundsätzlich. Das letzte Mal, trotz allem, liebte ich es. Was mir erlaubte, weitere sagen wir dreißig Sekunden auszuhalten. Anders als gewöhnlich, wenn ich schon nach dem dritten Zungenschlag versage. Und selbst da habe ich noch Luft geholt zwischendurch. Die Literatur hat glücklicherweise eine universelle Bestimmung. Ich werde mich beschneiden, vielleicht zunähen lassen, Stücke meines Fleisches, meines Geschlechts, werden in der Sonne für das nächste Buch trocknen. Ich habe vielleicht auch ein Projekt über Goldminen, wegen Léonore, *or*, *l'or*, das Gold. Wegen des Goldes, *l'or*, in Léonore.

An dem Tag, als die Fenster offen waren, habe ich sie zum Orgasmus gebracht, wo ich doch sonst immer schon nach dem dritten Zungenschlag zusammenbrach. Ich fühlte mein Blut mit einem Mal bloßgelegt, lange vor den Untersuchungen. Das ist es. Das Blut plötzlich bloßgelegt, entblößt, ein Kleidungsstück oder eine Kapuze hatten es soweit geschützt, ohne daß es mir bewußt gewesen wäre. Das legt Ihnen das Blut in drei Monaten bloß. Man entkleidet Sie und kleidet Sie neu an. Das Blut hat keine Bahnen mehr. Die normale Sexualität, die bis dahin Ihre war, man fragt sich, wie Sie das ertragen. Ich habe drei Monate lang mit diesem entblößten, ausgestellten Blut leben müssen, in der Stadt, wenn ich auf den Markt ging, ich ging nicht mehr einkaufen wie »der entkleidete Körper den Albtraum durchqueren muß«, ich ließ mir anliefern. Mein Blut war entlarvt, überall und allerorten (Europa, Vereinigte Staaten, auf dem Markt, am Meer, in der Stadt, bei Freunden), und auf immer und ewig, es sei denn, unwahrscheinliche Transfusionen würden ein Wunder bewirken, der Spleen von zwei Wochen vorübergehen, ein wundersamer Ekel würde sich einstellen, ein Junge, ich träumte, mein Blut war bloßgestellt zu jeder Stunde, in den öffentlichen Verkehrsmitteln, allein die Art, wie ich mich mit Klamotten ausstaffiert habe, um ihr zu gefallen, auf der Straße, beim Gehen, es war unablässig bedroht von einem Pfeil, der in jedem Augenblick auf mich gerichtet ist. Meine Schuhe, die ich größer ausgesucht habe, und mein Blouson, den ich täglich anzog. Sieht man es den Augen an? Daß man sich nicht penetrieren kann? Man findet einen Ausweg. Es gibt immer Lösungen. Auf Auswegen leben. Man greift auf Auswege zurück. Ja. Wollen. Für mich waren es Auswege. Auch das hat etwas. Mehr als Reichtum, andauernder. Etwas anderes suchen. Ich wollte es. Es gibt viele Verspannungen in der Homosexualität der Frauen. Ich hatte Glück, sie war Ärztin, sie hat mir Massagen verschrieben, Atemübungen und Wirbelsäulengymnastik. Meine Wirbelsäule hat dabei Schaden genommen. Im Verlauf der achtundvierzig Stunden Angst (Gänge, Anrufe, Briefe, Taxi) bin ich mit knapper Not einem Asthmaanfall entgangen. Auf Auswegen leben hat auch etwas, seine Atmung woanders suchen, es ist Schluß, ich aber konnte noch immer, das ist der Grund, weshalb ich traurig bin. »Man sollte zu zweit sein«, sie nicht. Etwas an mir erträgt sie nicht, sie sagt »ich will leben«, ich bin ihr unerträglich. Die Leute wollen ertragen. Befriedigt sein. Eines Morgens erzählt sie mir einen Traum, jemand hatte einem kleinen Damhirsch ins Ohr geschossen. Ich sagte zu ihr »ich würde gerne mit dir ein Buch über alle Arten des Sterbens schreiben.« In ihrer Familie sind sie seit Generationen Ärzte. Ich muß dringend ein Buch mit dir schreiben, ich bitte dich. »Aneurysma, das ist eine Art Taschenraum, anomal natürlich, an der Innenwand einer Arterie, Cerebralarterie, die einen fragilen Punkt darstellt, ähnlich einem kleinen Sack, fragiler als die Wand der Arterie selbst, der reißen oder platzen kann. Diese Anomalie kommt relativ häufig vor. Das Aneurysma kann aufbrechen. Wenn dieser kleine Sack reißt oder platzt.

Es gibt dann eine Hämorrhagie, das heißt, das Gehirn wird von Blut überschwemmt, weil es sich eben um eine Arterie handelt, der Druck ist enorm, mit jedem Schlag des Herzens schwemmt Blut ein. Das ganze Gehirn wird von diesem Blut zerstört. Wenn der Bruch vollständig ist, ist der Tod äußerst brutal. Die Menschen fallen um, mir nichts dir nichts, vor dir, bumm, sind sie tot. Manchmal kündigt es sich mit starken Kopfschmerzen an, das kommt vor. Manchmal gibt es nicht einmal Vorzeichen, es geschieht plötzlich. – Und Ekzem, was ist das, ein Ekzem? – Ein Ekzem ist eine Hautkrankheit, allergischen Ursprungs, häufig in der Erscheinungsform blasenartiger Wunden. Kleine blasenartige Wunden, die sich über verschiedene Teile des Körpers ausdehnen, und Flecken bilden, die nässend werden können, mit eher pruriginösem Charakter. – Eher was? – Die jucken.« Aber wir haben nie richtig begonnen, nie haben wir etwas gemeinsam machen können, nie hatten wir die Zeit dazu. Wir haben nie ernsthaft begonnen. An einem Trennungstag sagte ich zu ihr »ich habe dich nicht genießen können«, weinend. Obwohl sie sich angeboten hatte. Sie hatte mir die Aufzeichnungen ihres Vaters überreicht. Ich habe sie ihr dieses Wochenende zurückgegeben. Seit Generationen Ärzte. Alle Arten des Sterbens. Ich nehme Praxinor. Mein Blutdruck ist derart schwach, daß Léonore mich gestern, als ich auf mein Fahrrad stieg, fragte »Mama, wirst du sterben?« Ich hätte ihr dieses Buch widmen können, aber ich habe Angst gehabt. Sie benutzte ihre Zunge wie einen Schwanz. Küßte sie, öffnete ich. Ich wollte sie. Auf Auswegen leben, das war aufregend. Man verliert die Hälfte der Welt, und es gibt viele Verspannungen. Aber ich wollte sie trotzdem. Man kann nicht alles haben. Einmal sagte sie zu mir: du bist ein richtiger kleiner Macho. Ich hatte Schwierigkeiten, ein Lächeln zu unterdrücken, aus Genugtuung. So wie man manchmal Schauspieler sieht, die sich wahnsinnig gut finden. Mit mir, was fehlt dir da? Na, die Hälfte der Welt, mein Liebling, ganz einfach. Mit dir, da fehlt mir die Hälfte der Welt, sonst nichts. Ich kann die, die keinen haben, auch keinen hochkriegen lassen. Die, die keinen Schwanz haben, nun ja, ich finde, daß das fehlt. Das ist nicht schlimm. Und nicht wahr. Man darf sich nicht niederschmettern lassen. Von all den Hindernissen, auf die man trifft. An der Scham kleben, das funktioniert auch. Ohne die Genugtuung zu vergessen, mit dem, was man nicht hat, zurechtgekommen zu sein. Wenn man an alle Arten des Sterbens denkt, stirbt man nicht, das ist bewundernswert. Die Hälfte der Welt, das war mein starkes Argument, fehlte mir. Ein Wesen allein ist eine Welt, das war das ihre. Für sich ganz allein, schon ... unglaublich. Das Locked-in-Syndrom, was ist das? Wortwörtlich »eingesperrt ins Innere«. Eine seltene Form von Gehirnverletzung. Ein brutaler Durchblutungsmangel eines Teils des Gehirns, wenn sich eine Arterie verstopft und das Absterben von Nervenzellen nach sich zieht. Ein- oder zweimal nannte sie mich »kleine Hure«. Homosexualität ist, wenn man es nicht anders kann, so einfach ist das, hatte Claude zu mir gesagt. Nein, die Verspannungen, die Müdigkeit, die Enttäuschung. Das entblößte Blut. Aber die Freiheit, nicht mehr zu suchen, ich gebe es zu. Das ja. »Es ist mir egal, ich hab's geschafft« wie man als Kind sagte. Good, good, good vibrations. Claude träumte heute nacht good bye, good vibrations, und er weinte. Macht's gut, ihr guten Schwingungen, das löste Weinen aus. Alle entschwundenen Dinge, good bye. Und wenn schon. Ich habe sie am 9. September kennengelernt. Sofort habe ich ihren Mund, ihre Augen und ihre Art zu gehen geliebt. Ihren Geruch, ihr Geschlecht, ihre Art sich zu bewegen, ihre Stimme. Vor allem ihren Blick. Ihre Art zu gehen. Die Art, ihrem Hund Baya hinterherzulaufen. Ihre Art, ihm einen Kiesel ins Meer zu werfen, wenn wir spazierengehen. Ihren Hals und ihren Nacken. Ihr Goldkettchen, das sie niemals ablegt. Ihre leicht hervorstehenden Schulterblätter. Ihre leicht eingefallene Brust. Drei Monate lang habe ich es niemandem anvertraut. Den ganzen Winter habe ich niemanden gesehen. Claude hatte uns durchs Fenster gesehen, als er die Bonsais der Nachbarn von gegenüber goß, Freunde von ihm, die für ein Wochenende weg waren. Valérie bekam ihren Eifersuchtsanfall. Meine Mutter sagte zu mir »es gibt verschiedene Formen der Liebe«. Léonore hat in der Schule herumerzählt »X und Mama sind homosexuell«. Jeder hat's kapiert. Das war offensichtlich. Ich schlich mit meinem Blouson und meinen schweren Schuhen die Mauern entlang. Entlang an Mauern, Barrieren schleichen, im Sinne von Mauern schleifen, Schliff, Rasur, Adernschnitt, Glücksadernschnitt. Rasierklingen in den Mauern aus Stein, der Stein, *la pierre*, Pierre, Vorname meines Vaters, *pierre-père*, auf diesen Felsen werde ich meine Kirche bauen, das ist Literatur, ich schlage Kerben in sie, eine Büchermauer, eine Klagemauer, Inzest, Wahnsinn, Homosexualität, Holocaust, stark beginnen, mein Blouson, meine schweren Schuhe und meine Rasierklingen.

Das war keine Krankheit, ich vereinfache. Ein Zustand von Schwäche und Ergebung, der meinen Käfig aufsperrte. Zumindest anfangs. Im Gegensatz dazu das Locked-in-Syndrom, ins Innere eingesperrt sein. Die betroffene Person kann sich nicht bewegen, kann weder essen noch reden, nur mit den Augenlidern zwinkern, vertikale Bewegungen des Augapfels ausführen. Sie verspürt keinen körperlichen Schmerz. Mein Brustkasten, das war etwas anderes. Verspannungen, ermüdendes Drücken. Ich hatte Rückenschmerzen. Sie hat mir orangefarbene ovale Tabletten gegeben, Nalgésic. Ich habe kaum mehr welche, eine einzige, ich kann sie anrufen, jetzt sofort, wenn ich Schmerzen habe, bleiben wir befreundet, sie wird sie mir weiterhin geben. Und Rezepte, Krankengymnastik, Massagen der Lendenwirbelregion und des linken Beins wegen eines Bandscheibenvorfalls, Notfall. Um sich aus den mörderischen Reihen hochzuarbeiten, schreiben und aufmerksam sein, ich versuchte zu finden. Ein Zustand von Schwäche und Ergebung, der meinen Käfig aufsperrte, das ist vorbei. Mein Blut regeneriert sich. Ich bin schmerzfrei. Apropos Claude, vielen Dank für die Blumen. Ich habe eure Blumen erhalten. Herzlichen Glückwunsch zum Geburtstag, Christine, Liebe meines Lebens, Claude, Léonore und drei kleine Herzen. Er hatte mich angerufen und zum Schluß gesagt »was auch immer du machst, ich wünsche dir einen schönen Tag«. Noch war ich mit ihr zusammen. Wir hatten uns die ganze Woche gezankt, aber am Wochenende im Restaurant Escale zu Abend gegessen.

»Ich hatte Lust Dir zu schreiben, Dir einige Zeilen zu schicken, um Dir zu sagen, daß ich an Dich denke – und Dich liebe. Im Flugzeug habe ich ›Calamity Jane‹ gelesen, sehr schön und herzergreifend. ›Oh, wie gerne ich mein Leben noch einmal leben wollte.‹ Ich hoffe, daß Du wohlauf bist, daß Du schön schreibst. Bis bald. Claude.« Gestern war mein Telefon den ganzen Abend besetzt, sie weinte. Ich habe ihr zugehört.

Unsere Kommunikation läuft nunmehr ausschließlich über die Stimme, sie weigert sich, mich zu sehen. Sie weinte, ich hatte bestimmte Sätze für sie vorbereitet: Alles in der Welt ist Leiden, der einzige Grund zu leben ist die Liebe, Racine sagt, es sei verboten. Und um mein jüngstes Verhalten zu erklären, Dario Fo: Die Liebe zum Paradox, das ist wohlbekannt, führt häufig zu Ungereimtheiten. Ich persönlich bin Opfer davon, heute ja, und morgen ... ebenso ja. Ich blieb todmüde mit meinen aufgeschlagenen Büchern liegen. Am nächsten Morgen, sie war bei sich, verrichtete sie in aller Seelenruhe ihre Arbeit. Baya kam mit Yassou, der Katze, an, die merkwürdig entstellt aussah. Es schien, als zeigte sie X etwas. Sie will nicht, daß ich sie X nenne. Weder ihren wahren Namen, noch ihre Initialen. Die Tatzen der Katze zitterten. Ihr Bauch war an den weichen Stellen von einem Hund, wahrscheinlich aus dem Viertel, zerbissen worden. Yassou hat keine Scheu vor Hunden, sie ist an Baya und Djinn gewöhnt, »die nett zu ihr sind«. Das ist das erste Mal, daß ihr etwas zustößt, sie hatte noch nie etwas, diese Katze. X hat die Nase voll von Tiergeschichten. Obwohl mit den Nerven fertig, mußte sie die Katze zum Tierarzt bringen, man konnte ihre Eingeweide sehen. Er hat sie betäubt, um sie zu nähen. Sie ging arbeiten, wie Leute, die den ganzen Tag leiden. Weder X, noch MCA, weder Marie-Christine Adrey, noch *Aime CA*, Liebt CA. Meine Liebe? Mein Liebling? Mein Kleines, kleines, kleines Liebchen, kleines, kleines, mein Kleines, Liebling, meine große Liebe, angehimmelte. Angehimmelte, angehimmelte. (In »Savannah Bay«, als sie ihr die Halsketten anlegt.) Diese Kranken können jahrelang in diesem Zustand leben. Sie sterben an Komplikationen. Lungensuperinfektionen, Blutvergiftung, Wundstellen ... Ekzem, Aneurysma, ich hätte alles mögliche machen wollen. Wir hatten nicht die Zeit dazu. Gemeinsam beginnen, und sei es nur ein Fotoalbum. Sie hat von Tiergeschichten die Nase voll, Baya, die beinahe überfahren worden wäre und sterilisiert werden mußte. Und jetzt auch noch Yassou, von einem Hund angefallen. Sie ignorierte den Anrufbeantworter, sie antwortete nicht, sie wechselte den Verband. Yassou befindet sich in einem furchtbaren Zustand ... Ich habe Léonore nichts davon erzählt, ich habe Angst, sie zu traumatisieren, wenn ich von leidenden Tieren rede. Hunde aus dem Viertel, die beißen ... Sie bereitete gerade einen Kurs über Hymenopteren-Allergien vor, es wird langwierig. Dann ist das Gespräch umgeschlagen. Sie will mit niemandem mehr schlafen. Sie will niemanden mehr lieben. Das bringt nichts. Nichts, nichts, nichts, wie ich es immer so schön formuliere. Das ist keine spezifische Ablehnung meiner Person. Alle Frauen, keine Frau, keine einzige Frau mehr. Ich habe eine Frage gestellt, ohne böse Absicht. Ein Mann? Sie hat mich beschimpft und angefangen zu heulen. »Auf Typen pfeif ich.« Ich habe sie reden lassen. Ich merkte, daß es nicht gut um sie stand, gar nicht, überhaupt gar nicht. »Du, du hast das Leben vor dir, du bist hetero, dir ist das egal, völlig egal. Aber ich. Ich habe jetzt verstanden. Eine Frau zu vögeln, da hast du recht, das ist Inzest.« Na bitte, ich hatte es erreicht, ich hatte sie überzeugt, ich hatte recht, ich war allein. In drei Monaten. Sie fing an zu heulen, nichts konnte sie stoppen, ich konnte ihr nur noch sagen, daß ich sie liebte. Gewiß, ich war hin- und hergerissen zwischen der Genugtuung, daß sie endlich begriffen hatte, und der Traurigkeit, zu sehen, daß es zu Ende ist. Während ich, das Verletzende daran wohl im Blick, was soll's, das ist nicht schlimm, bereit war zu akzeptieren. Wenn man erst einmal kapiert hat. Los. Laß uns träumen. Ich träume. Wir haben ein Haus. Wir leben gemeinsam darin. Wir lieben es, alle beide. Wir suchen gemeinsam die Dinge aus, die wir lieben. Wir lieben uns. Léonore ist da. In unserer Liebe. (Léonore in unserer Liebe!!! ...) Ich spinne. Ich träume. Niemand findet daran etwas auszusetzen (!). Du bestellst bei Domus in Nîmes ein Sofa, sie wußte, wie gerne ich im Liegen lese. Am Telefon hast du zu mir gesagt »du bist die erste und die einzige«. Du liebst, was ich schreibe. Du liebst es sehr. Du fährst oft mit mir nach Paris. Du hast die Diamanten deiner Mutter in einem Gürtel vor deinen Bauch gespannt, um sie zu verkaufen, um gemeinsam ein großes Haus zu erwerben. Wir lieben uns. Gemeinsam fühlen wir uns stark. Und mit Léonore. Pitou mein Herz wacht über sie. Aber sie, es ist Schluß. Eines Tages, ich erinnere mich, waren wir bei mir. Ich habe noch vor Augen, wie ich ihr die Rangordnung erkläre. Ein Mann ist besser als eine Frau. (Als Liebhaber.) Ein Mediziner ist besser als ein Arbeiter, ein Weißer ist besser als ein Schwarzer. Sie war zutiefst empört. Ich mußte wieder und wieder präzisieren »in den Augen der Gesellschaft«. Viele Einzelheiten, nach und nach, und ein anderer Fehler meinerseits: Ich hätte ihr nie meine Manuskripte zu lesen geben dürfen. Ich habe von ihrer Katze gesprochen, von ihren Haaren, die ergrauen würden, vom Anfang, als ich sie noch häßlich gefunden hatte. Von meinem Ekel, und sie sah nichts als das. Nicht das Positive. Ich sagte zu ihr »ich bin heterosexuell«, sie sagte zu mir »ich kann mich doch nicht operieren lassen«. In zwanzig Minuten werde ich nach Paris aufbrechen. Claude und Léonore begleiten mich zum Flughafen. Ich habe im Krankenhaus angerufen, ich wollte, daß sie mich vor meiner Abreise zurückruft. Heute morgen kam die Angst wieder auf. Ich pfeife drauf. O du lieber Augustin, alles Kälber, Kühe, Schweine, alles Männer, alles Frauen. »Wir lieben uns. Ich bin mir sicher, daß wir uns lieben. Warum schaffen wir es nicht, zusammen zu sein. Ruhig, glücklich. Und zwar beide. Ruhig, glücklich. Eins ist sicher: Ich liebe dich. Ich liebe es, dich zu sehen. Ich liebe es, dich ankommen zu sehen. Ich liebe deine Haare, deine Augen, deine Kleidung, deine Nase, deinen Mund, deine Taille.« Der Prozeß meines Blutverfalls dauerte an und gliederte mich in die Reihen der Ghettobewohnerinnen ein. Von mir will man auf keinen Fall mehr was, jetzt ist es zu spät. Sie schlagen sich tapfer. Gestern abend wollte sie nicht mehr mit mir telefonieren. »Ich habe keine Zeit, ich habe keine Zeit, dich anzurufen, ich mußte mich den ganzen Tag um die Patienten kümmern, ich kann nicht ausgehen, ich umarme dich.« Es ist vorbei. Unmögliche Dinge faszinierten mich. »Du fehlst mir.« In »Die Mama und die Hure« sagt sie zu ihm: Du bist nicht einmal fähig, die Trunkenheit der Menschen, die du liebst, zu erdulden. Mein armer, armer, armer beschissener Alexandre. Habe ich zu ihr gesagt.

Gestern war ich bei ihr. Den Morgen über. Während ich in Paris gewesen bin, fühlte sie sich frei genug, ihren Gewohnheiten nachzugehen. Eine Patientin sagte zu ihrer Sekretärin »was für unglaublich schöne Augen diese Ärztin hat«, und stand dabei neben ihr. Letzte Woche fühlte sich Sylvie auf der Avenue Saint-Lazare von einem androgynen Mädchen angezogen, sie hat es im Profil gesehen, dieses Mädchen war ich. Im Hotel, ich brauchte gerade ein Taxi, wandte man sich an mich, »sind Sie soweit, mein ... Oh, pardon, meine Dame?«

Meine Gesichtszüge und meine Erscheinung sind doppelt kodiert, sind es schon immer gewesen. Dieses Markenzeichen hat sich verstärkt, aufgrund des Testergebnisses. Selbst wenn es aus ist. Zweihundertmal rufe ich an, aber nach zwei Tagen der Leere rufe ich nicht auch noch am dritten Tag an, ich rufe nicht mehr an. Ich rufe überhaupt nicht mehr an. Und ich pfeife drauf. Ich hätte sie nie zurückgerufen, ich nicht. Sie hat mich wieder angerufen und gesagt »man hätte mich einsperren müssen, um zu verhindern, daß ich dich abholen komme«. Wo du doch schon am Flughafen bist ... Dennoch, das Kleingeld fürs Taxi hatte ich zurechtgelegt. Und während der Nacht das Wochenende vor meinem geistigen Auge ablaufen lassen. Mein Weg nach Hause. Wie ich gehofft hatte, niemand am Flughafen. Uff. Ich hatte meine Ruhe. Es bräuchte wohl eine gewisse Zeit, ein wenig Ruhe, und dann ... treffe ich einen Typen. Es sei denn, ich beende alles. Man würde ja sehen. Zunächst nehme ich ein Taxi und fahre heim. Taxifahrten mag ich nicht, sie langweilen mich. Sie hatte mich in Paris angerufen, ich war gerade bei Frédéric, ich hatte zu ihm gesagt »sag ihr, daß ich abgereist bin«. Er hat sie mir trotzdem gegeben. »Ich hole dich wie vereinbart ab? – Nein, nicht unbedingt.« Ich hatte meine Ankunft gefilmt. Das war gut. Ich nahm ein Taxi. Ich vergewisserte mich, ob sie da sei. Sie war nicht da. Ich war nicht verstimmt, im Gegenteil, uff. Endlich. Drei Monate. Uff. Nächste Woche werde ich Mathilde anrufen, sie kommt zurück, am Donnerstag, und wir werden ausgehen. Ich nehme ein Taxi. Es setzt mich ab. Ich gehe hoch. Vielleicht habe ich Post. Ich schaue mich um. Ich räume meine Sachen auf. Ruhig. Es tut gut, zu sich nach Hause zu kommen. Nach vier Tagen. Ich träume. Ich räume meine

Sachen auf, die schmutzigen sortiere ich aus. Soweit mein Film und keineswegs das, was sich in Wirklichkeit abspielte. Im Film brachte ich meine Hose zur Reinigung. Ich machte ein wenig Handwäsche. Meine Pullover rochen nach Schweiß. Du bist nicht einmal fähig, die Trunkenheit der Menschen, die du liebst, zu erdulden, wieder dachte ich daran. Deine kleinen Berechnungen. Deine kleinen Ersparnisse. Dein Vermächtnis. Deine Familie. Deine Cousine. NC, Nadine Casta, *haine c'est*, Haß ist das, diese Art Kino, dieses Theater, diese widerliche Kohle. Da wir getrennt waren, hatte sie ihre kleinlichen Planungen aufgestellt, ihre kleinen Mai-Wochenenden völlig verplant. Und ich, naiv genug, bloß weil sie gekommen war, mich abzuholen: An Christi Himmelfahrt würde ich gerne mit dir nach Paris fahren, wir könnten bei Frédéric wohnen, er wird in Italien sein. Wir würden ins Theater gehen, und vor allem würden wir uns »Die Mama und die Hure« ansehen. Und auch alle anderen Filme von Eustache. Ihre Wochenenden hat sie mit Rücksicht auf ihre Universalerben verplant, wir sind ja getrennt. Zu Christi Himmelfahrt, Île de Ré mit NC.

(Ich habe nicht das Recht, die wirklichen Namen zu nennen, die Anwältin hat es mir verboten, auch nicht die wirklichen Initialen. »Dieses Manuskript verletzt in schwerwiegender Form das Persönlichkeitsrecht einiger der Autorin nahestehender Personen, insbesondere das ihrer Tochter Léonore, minderjährig, ihres Ex-Ehegatten Claude, ihres Vaters [der mit ihr eine – siehe hierzu die ausführlichen Beschreibungen gegen Ende des Werkes – inzestuöse Beziehung unterhalten hat]. Weitere Personen sehen gleichfalls ihre Intimsphäre äußerst detailliert an die Öffentlichkeit gebracht, insbesondere Marie-Christine Adrey, Liebhaberin der Autorin und ›Hauptfigur‹ des Werkes, die Schauspielerin Nadine Casta, etc. Abgesehen von dieser generellen Problematik, die das gesamte Manuskript betrifft, müssen folgende Passagen, die besonders anfechtbare Äußerungen enthalten, hervorgehoben werden. *Sie will nicht, daß ich sie X nenne. Weder ihren richtigen Namen, noch ihre Initialen. (...) Weder X, noch MCA, weder Marie-Christine Adrey, noch Aime CA, Liebt CA.* Verletzung des Persönlichkeitsrechts, umso weniger vertretbar, als der Wunsch seitens Marie-Christine Adreys, nicht identifizierbar sein zu wollen, von der Autorin selbst unterstrichen wird und die Enthüllung ihrer Identität es erlaubt, sie mit der Gesamtheit des Werkes zu verknüpfen. *Deine Cousine. NC, Nadine Casta, haine c'est, Haß ist das, diese Art Kino, dieses Theater, diese widerliche Kohle. (...) Zu Christi Himmelfahrt, Île de Ré mit NC.* Verletzung des Persönlichkeitsrechts, gezielt boshaft, darüber hinaus Verleumdung. Des weiteren, Seite 23, *Eustache, verzeih mir, ist besser als Nadine Casta*, Verleumdung, die, falls sie nicht an sich schon anfechtbar erscheint, dieses im Verlauf des Werkes aufgrund der Verknüpfungen mit Bemerkungen gleichen Typus wird, die eine tiefgründige Feindseligkeit aufzeigen, so Seite 30, *die Cousine Nadine, NC, haine c'est, Haß ist das ...*, Beleidigung, Seite 61, Verleumdung, Seite 61, Verletzung des Persönlichkeitsrechts, Seite 67, Verletzung des Persönlichkeitsrechts und Verleumdung, Seite 74, Verletzung des Persönlichkeitsrechts und Verleumdung, Seite 84, Verletzung des Persönlichkeitsrechts und Verleumdung, Seite 87, erneute Verleumdung, Seite 106, Verletzung des Persönlichkeitsrechts und Verleumdung, Seite 110, Verletzung des Persönlichkeitsrechts, Seite 111, üble Nachrede, die eine offensichtliche Rufschädigung von Herrn Doktor Jean-Claude Brot darstellt, Seiten 119 bis 123, schwerwiegende Verletzung des Persönlichkeitsrechts des Vaters der Autorin, die sehr präzise die inzestuöse Beziehung beschreibt, die sie unterhalten haben. Zusammenfassend: Diese Textpassagen sind als Hinweise hervorgehoben, aber das gesamte Manuskript rührt an das Problem der Verletzung des Persönlichkeitsrechts der erwähnten und beschriebenen Personen, ob nun deren Identitäten, wie es häufig der Fall ist, preisgegeben werden oder ob sie leicht zu identifizieren sind. Absehbare Prozeßrisiken liegen auf der Hand, zumal die Angriffe bissig und ohne Zugeständnisse sind und in vielen Fällen schwerwiegende Verletzungen des Persönlichkeitsrechts von Privatpersonen darstellen. Die Schadenersatzfrage wird im Falle einer Klage von um so größerer Bedeutung sein, als keinerlei Vorsichtsmaßnahmen ergriffen wurden. Der Mangel an Zurückhaltung und Besonnenheit in den Äußerungen bildet ein entscheidendes Element des Werkes, in dem Maße, in dem es dem Leser erlaubt – soweit das möglich ist – sich dem leidenschaftlichen Wahnsinn der Autorin zu nähern.« Na bitte!)

X hatte zauberhafte Momente. Am Telefon, Worte, die ich gerne hätte transkribieren wollen. Ich liebe dich. Wir fühlen uns wohl, wenn wir zusammen sind. Wir fühlen uns wohl, wenn wir ... und es fängt an, Nîmes, Domus, ein Sofa, wir gehen spazieren, ich rufe dich an ... sie ließ unser alltägliches Leben ablaufen. Sie hätte weitergemacht, aber ausnehmen, auffressen, aufsaugen, alles nehmen, zu leben verhindern, zu atmen verhindern, es reicht mir, daß mir immer die gleichen Vorwürfe gemacht werden, obwohl es doch genau andersherum ist. Ich habe einen Termin bei einem Kinderpsychologen gemacht. Auch Léonore braucht Hilfe. Das Locked-in-Syndrom, die Arten zu sterben. Ich übte sanften Druck auf ihren Nacken aus, damit sie fortfahre, den gleichen Rhythmus beibehaltend. Bill hat mit mir über die Krankheit gesprochen. Das Gleichgewicht wird sich wieder einstellen. Nein, es war alles in Ordnung. Ich träumte, ich dachte nach. Die eine Hälfte meines Lebens, der Mann, die andere, die Frau. PS, an Claude gerichtet: Ich werde am Samstag 39 Jahre alt, wahrscheinlich ist das der Grund, warum diese Woche so unerträglich ist. Du hast Dir bestimmt ein ganzes Szenario für meinen Geburtstag ausgemalt, und ich weiß noch nicht einmal, was ich machen werde. Ich umarme Dich. »Ins Innere eingesperrt« ist eine seltene Erkrankung. Das Testergebnis bestätigte: positiv. Immer noch. »Möchtest du dich bei dir zu Hause entspannen? Willst du, daß ich dich bei dir absetze, willst du in Ruhe deine Post durchgehen?« Ja. Sie hat mich bei mir abgesetzt, ein kleiner Kuß, ich steige aus. Gut, so geht's. Alles wird sich abspielen, wie ich es mir gefilmt habe. Was meine Ankunft in Montpellier betrifft. Meine ganze Abfahrt und Ankunft bisher. Das geht o.k. Sie ist gekommen, um mich abzuholen, aber abgesehen von der Rückfahrt in ihrem Auto, dem Saab, gab es keine Abweichung von dem, wie ich es mir in der Nacht vor meiner Abreise bei Frédéric in Paris vorgestellt hatte. Die Post, das Telefon, die schmutzige Wäsche, die Reinigung, das Kinoprogramm, ein wenig Lektüre, Erholung und morgen schreiben. Uff. Drei Monate. Ich konnte nicht mehr weiter. Ich konnte nicht mehr arbeiten. Jetzt begann es gefährlich zu werden. Ich öffne das Haustor. Sie geht. Ich höre den Motor des Saabs. Der Saab, die Île de Ré, NC, sollten eigentlich einen Teil des Charmes ausmachen.

Gestern sagte ich zu X »Eustache, verzeih mir, ist besser als Nadine Casta«. Sie, daß das zweierlei sei, ich »ja, wie die Homosexualität, immer das gleiche Argument«. Und sie, du redest totalen Unsinn. Aber ich blieb hartnäckig: Modiano ist besser als Rouaud, Eustache besser als Nadine Casta, Heterosexualität besser als Homosexualität, Ärzte besser als Arbeiter. Sie bedient sich ihrer Zunge wie eines Schwanzes. Das Testergebnis bestätigte es, ich liebte ihre Zunge. Wie keine andere zuvor. Mein Vater sprach mit 25 Zungen 25 Sprachen. Der Arzt und der Schriftsteller, beide stammen aus den Reihen der Mörder, etwas also hatten wir gemein. Léonore, geht es ihr gut? Termin mit Doktor Dhersigny für sie am Donnerstag, den 14. Ging es ihr gut, als du letzten Samstag zurückgekommen bist? Ich werde mir heute nachmittag den Blutdruck messen lassen. Wenn ein dramatisches Ereignis ins Spiel käme, wäre alles erträglicher. Bei Beethoven verläßt das Orchester seine begleitende Rolle und tritt in direkten Konflikt mit dem Solisten. Mit X, der Gebietswechsel, etwas übertreten, etwas übertragen auf, etwas umfüllen in, ach, das wird nicht andauern. Ich habe bei ihr geschlafen, nach dem Flughafen. Ich habe geweint. Ich war derart gerührt. O du lieber Augustin, Kälber, Kühe, Schweine, bevor ich einschlief nannte ich sie »mein kleines Töchterchen«. Ich wußte nicht mehr, was ich sagte, ich schlief ein, ich hatte einen Orgasmus. Andernfalls, schade, ich hatte das Haustor geöffnet. Meine Tasche geschultert, war ich bereits auf halber Höhe. Ich habe meine Tasche fallenlassen. Habe die Treppe runter vier Stufen gleichzeitig genommen. Riß das Tor auf, die Straße, der Wagen steckte im Verkehr fest, sie war noch nicht abgezischt. Ich stand da. Direkt vor ihr. Ich sagte zu ihr »stell den Wagen ab«. Und sie

»komm, komm her, näher«. Ich ließ mich auf offener Straße küssen, es ist mir jetzt egal. O Augustin, Kälber, Kühe, alles. Ekzeme, übersäte Hände, Kälber, Kühe, alles. Ihr schwarzes Haar und ihre Augen, wie die letzte Seerose. Genetisch identische Tiere sind äußerst selten. Bei Kühen einige Dutzend, die der Grundlagenforschung dienen. Why MCA? Léonore sagte zu mir »du bist verrückt nach Babys«, wir sahen darüber gerade eine Sendung im Fernsehen und kurz darauf »du bist eine verrückte BSE-Kuh«. Ich konnte nicht arbeiten, ohne Schluß gemacht zu haben. Ich habe am Sonntag die Arbeit wieder aufgenommen, Sonntag abend, uff, wieder ist es aus. Vorletzte. Seerose. Bevor man mit dem nächsten Morgen wieder anfängt und aufhört. Ich habe aufgehört, endlich. Ich habe Ideen, Szenarien weiterentwickelt, sie Jean-Marc zugefaxt, sie sind sämtlich durchgefallen. Ich wollte Tahar Ben Jelloun nachahmen, der seiner Tochter das Phänomen des Rassismus erklärt hat, und das ganze nun mit der Homosexualität durchführen. O Augustin, alles Kälber, Kühe, Schweine. Was hältst du davon? Mein kleiner Liebling von fünfeinhalb Jahren. Du bist meine Liebe. Ich weiß, daß du weißt, daß du meine Liebe bist. Meine große Liebe. Die größte Liebe meines Lebens. Du weißt es. Du weißt, daß X bei uns zu Hause übernachtet hat. Du hast mich gestern abend gefragt, du hast zu mir gesagt »wo schläft sie?« Sie hat bei uns zu Hause geschlafen. Es ist viertel vor zehn, sie schläft noch immer. Sie ist müde. Wir haben uns gerade geliebt, und schau, genau das ist es, was ich dir erklären möchte. Meine Liebe. Weißt du was, mein Liebling? Wenn sie sich meinem Gesicht nähert, so ist der Name, der mir über die Lippen kommt, der deinige. Lé-o-nore. Weißt du, was sie heute morgen zu mir sagte, als ich sie gegen sechs Uhr geweckt habe? Ich weckte sie auf, weil ich ein paar Ideen aufgeschrieben hatte. In das kleine Heft, weißt du, das auf dem Kamin liegt. Ich machte Licht, weil ich nicht sehen konnte, was ich gerade notierte. Sie sagte zu mir: »Du bist ein kleiner Teufel mit Engelsgesicht, und ich liebe dich.« Ein kleiner Teufel, weil ich sie aufgeweckt hatte. Ein Engelsgesicht, weil sie findet, daß ich ein Engelsgesicht habe. Und ich liebe dich, weil sie in mich verliebt ist. Da mußt du lachen, was? Ein Mädchen, das in ein anderes Mädchen verliebt ist. Aber ja, so ist es nun einmal. Sie ist homosexuell. Frédéric ja auch, schau. Er ist gerade in einen Jungen verliebt. Sie schreiben sich Briefe, sehen sich aber nie. Es macht Frédéric sehr unglücklich, so zu sein. Es gibt Menschen, die darüber glücklich sind, andere unglücklich. Ich kenne einen Schriftsteller, unglücklich, der Hunde masturbiert. Du weißt nicht, was das bedeuten soll, ganz sicher nicht. Ich bin heterosexuell. Mein Liebling. Ganz sicher. Hetero. Wie hätte ich sonst eine so entzückende Tochter bekommen können? Niemals, hörst du, niemals hatte ich Sehnsucht nach einer Frau. Das Geschlecht des Mannes dringt auf radikale Weise ein. Ich mag sehr, was radikal ist. Es gibt andere Arten des Eindringens, Grenzen, Reisen. Grenzen überschreiten, hol deinen Globus, ich werde es dir erklären. Die Idee hat nicht gegriffen, ich habe weitergemacht, ich hätte aufhören können. Eine Sängerin wurde interviewt, direkt nach den Babys. »Als du erfahren hast, daß dein Vater homosexuell ist, was hat das bei dir ausgelöst? – Nichts, gar nichts, oder doch, ich mußte lachen.« Léonore sagte »es ist gemein von ihr, zu lachen, denn das bedeutet, daß er ihre Mutter nicht mehr liebt«.

Ich sprach mit ihr über ihre Augen. Ihre Antwort lautete »ich habe Augen, die aufnehmen, und deine Augen durchbohren«. Meine Cousine Marie-Hélène hätte so gern rote Augen gehabt. Um das zu verstehen, geben sich genetisch ähnelnde Kaninchen ein gutes Modell ab ... Ich stürze. Mich in Sachen ... Einmal habe ich Jean-Marc mehr als einhundert Seiten zugefaxt. Ich verfolgte unendlich viele Spuren. Es war miserabel, ich heulte. Ich brach zusammen, ich wartete ab. Es wurde gefährlich, ich schaffte es nicht mehr zu arbeiten. Die letzte Seerose verfaulte. Ich habe wieder angefangen. Ich habe Bauchschmerzen, wie bei einer kurvenreichen Autofahrt, und Schwindel. Dem Publikum zugewandt legt Bulle Ogier Madeleine Renaud vor einem imaginären Spiegel Halsketten an, sie verlieren sich in einem monotonen Trauergesang, die Tochter, die Mutter, die eine, die andere, mein kleiner Liebling, kleines, kleines Liebchen, mein kleiner Liebling, meine Liebe, usw. Marguerite Duras spricht über das Thema der Homosexualität und über Inzest grundsätzlich aus dem Blickwinkel der Vergangenheit und des Todes, grundsätzlich indirekt, was unverständlich ist. Ich sagte zu ihr »parke«. Ich habe meine Sachen weggeräumt, was schnell erledigt war. Ich hörte es klingeln. Ich hatte genug Zeit gehabt, meine Post zu lesen. Sie kam die Treppe hoch. Marie-Hélène wollte rote Augen haben. Sie hat sie bekommen. Man erwiderte ihr »wie die Kaninchen?« Rot war ihre Lieblingsfarbe. Mannigfaltigkeit, rote Augen, das ist das Leben, wir hatten sie mehr als nur einmal, Claude und ich. Gestern habe ich Marie geholfen, Yassou zu halten, wegen der Spritze. Das kleine Tier hat ein rasiertes Fell. Die Fangzähne des Hundes noch immer ins Fleisch gezeichnet, die Markierung. Das kleine Tier hatte

Angst. Sein Bauch war völlig zerklüftet, das Gedärm sichtbar. Es war ein schwarzer Hund, ich habe ihn gesehen. Der das gemacht hat. Die erste Nacht, zum ersten Mal nach einem Jahr, dem Zeitpunkt von Claudes Auszug, gestern Nacht, daß Léonore in ihrem Zimmer geschlafen hat, ich in meinem, wissen Sie, was ich machte? Zum ersten Mal? Nach einem Jahr? Seit ich allein lebe? Ich habe die Fensterläden offen gelassen. Ich hatte keine Angst.

Marie und ich stritten uns, ich habe ihre Hündin getreten, absichtlich, sie hielt sie an sich gepreßt. Ich schrie »nein, nein, nein, nein, hör auf«. Ich mag diesen Hund nicht, die Schmuckstücke von Cartier sind durchnumeriert, der Trinity-Ring, den sie mir geschenkt hat, trägt die Nummer 666, Zeichen des Antichrist. Mit Léonore verband sie kaum etwas, wir überwerfen uns wegen Léonore und Baya, beide am gleichen Tag geboren, am 9. Juli, aber nicht im gleichen Jahr. Ich war bereits angesteckt, als ich mit Léonore schwanger war, die Inkubationszeit beträgt mehrere Jahre. Ich hätte sonst nicht ein so großes Glück empfunden, eine Tochter zu gebären, ich brütete die Krankheit bereits aus. Ich hatte schon scharenweise Homosexuelle um mich herum. Am Samstag weinte ich in ihren Armen. Und am Sonntag habe ich das Szenario, das ich mir am Vortag, in der Nacht bei Frédéric, ausgemalt hatte, endlich realisiert. Mit einem Tag Verspätung. Am Sonntag abend, die Handtasche, diesmal blau, und ich gehe die Treppe hoch, und dieses Mal mache ich nicht auf halber Treppe halt, ich gehe hoch, und dann hole ich Léonore ab, bei Claude. Ich denke an Yassou, den Bauch von Zähnen zerrissen. »In gewisser Weise ist es mir recht« behauptete sie, »ich habe ständig Angst, daß andere meinen Geruch nicht mögen«, wenn ich sie nicht gern leckte. Triebanstoß führte zu Abstoß. Abstoß meint auch Ekel. Ekel heißt hier Ghetto. Ghetto, Gefängnis. Diese Gruppe homosexueller Frauen, dieses Milieu, von dem Claude zu Recht denkt, daß es nicht zu mir paßt. Wozu dienen tierische Klone? Tatsächlich. Endlich. Uff. Alles ist glücklicherweise beendet. Ich bin mit meiner blauen Tasche nach Hause. Ich habe von einem Parfum geträumt, Gold, es ließ mich an Barren denken, der Barren, die Barriere. Sie mochte mich in Hosen. Notfalls in Kleidern, keinesfalls in Röcken. Anders letztes Jahr mit Mayen. In Hosen, einem Pullover, T-Shirt, ohne BH. Liebte mich. Ich bin wieder nüchtern geworden, feminin, ich selbst. Donnerstag, den 14., habe ich einen Termin bei einem Kinderpsychologen wegen meiner Tochter. Bei Aids handelt es sich nicht wirklich um eine Krankheit, es ist ein Zustand von Schwäche und Ergebenheit, mein Liebling, der den Käfig der Bestie öffnet, die man in sich trug. Ich erteile ihr unbeschränkte Vollmacht, damit sie mich verschlinge, ich lasse sie mit meinem Leben machen, was sie sonst mit meinem Körper gemacht hätte. Claude: Dennoch hast du akzeptiert, daß sie dir einen Ring schenkt. Und dieser Ring ist immerhin ein Ehering. Nun, ich weiß, du und Symbole ... Ein Ring, und darüber hinaus ein Ehering. Es tut mir leid, aber der Trinity-Ring von Cartier ist ein Ehering. Ich habe gezögert. Ich wußte nicht, ob ich annehmen durfte. (Ich habe nicht gezögert, das ist nicht wahr, ich war einverstanden.) Den nächsten Ring wollte ich dir schenken. Wir sprachen noch diesen Sommer davon. Ich legte Geld auf die Seite. Es ist verrückt, wie sehr man im Leben eines anderen stecken kann und alles verrinnt. Sonntag abend war es aus. Léonore schlief bereits. Trotz allem habe ich angerufen, niemand, eine

Nachricht hinterlassen, keineswegs verängstigt. Ich bin's, Christine. Sie hat mich zurückgerufen. Sie hat geweint. Wenn sie das Bett sieht ... Ich war ruhig, habe sie beruhigt. »Yassou geht es besser.« In ihrem homosexuellen Ghetto, Tiergeschichten. Baya, Yassou, Minou, Djinn, Misty, Victoire, Muzil. Gestern abend verlief das Telefonat miserabel, aufgrund eines kleines Details ist alles entglitten. Das erste Rendezvous im Restaurant Esplanade, das war, nein, Homosexualität, Heterosexualität, es gibt zwei Lager. Der Begriff des Lagers, das Lager, *le camp*, ist nicht angemessen, *le gant*, der Handschuh. Jemanden wie einen Handschuh von innen nach außen umstülpen, ihn umdrehen, ist klebrig, dazu bedarf es eines Handschuhs. Und mein Liebling, du siehst, wir haben gerade miteinander geschlafen. Ich wurde verrückt, weiß du. Den ganzen Herbst über. Oktober, November, Dezember, Januar. Ich wollte es verbergen. Ich konnte nicht ertragen, daß man mich in unserem Viertel mit einer Frau in Verbindung bringen könnte. Daß meine kleine Tochter die Tochter einer Frau wäre, die sich von einer anderen Frau, lesbisch, lecken läßt. Deinen Vater nannte ich meine Liebe und meinen Spatz. Yassou geht es besser. Die eingetragene Lebensgemeinschaft hat eine Debatte über alle möglichen Arten des Mißbrauchs in Gang gebracht. Wie macht man Kinder? Der Herr führt sein Geschlecht in das der Dame ein. Léonore singt mit Clara zusammen »mit seinem Liebling ding-ding-machen, das ist ab-, das ist ab-stoßend«, sie lacht und hebt wieder an. Die Vorstellung, daß ich mit Marie, sie kam gar nicht auf diesen Gedanken. Ihre Brüste, ihre Frauenaugen, geschminkte Augen, und zudem eine, die feucht wurde. Über meinem Schenkel, die feucht wurde über meinem Schenkel, wie hätte sie überhaupt auf diesen Gedanken kommen können, mein Liebling? Sie ließ einen Brief von Annie herumliegen, die quer durch Afrika reist, »ich kann an Giraffen nichts finden, an ihren großen Augen, solange es Kinder gibt, die verhungern«. Das waren böhmische Dörfer für mich, ich kehre in mein Ursprungsland zurück. Sie wird sich nicht operieren lassen, wir werden uns keinen Godemiché kaufen. Ich habe mit Léonore über den Holocaust gesprochen, über die Juden, die Homosexuellen, die Kommunisten. Dr. Mazollier hat zu Léonore gesagt »sie liebt die Worte, deine Mama«. Dr. Gally hat zu mir gesagt »ein wenig früh«. Dr. Zériahen hat zu mir gesagt »das zu beurteilen vermag niemand«. Dr. Dhersigny hat mir Verantwortungslosigkeit vorgeworfen. In ihrer Kindheit hatte Marie Schwindelgefühle, die nicht auf körperliche Aktivitäten zurückzuführen waren. In ihrem Kopf ein merkwürdiges Geräusch, sie hob ab, völlig. Claude: Du wirst die einzige bleiben, für immer, weil die erste, weil die letzte, die ich geliebt habe, mit der ich schlafen wollte, ein Kind haben, in die Ferien fahren, sehen, wie die Leute leben, mit der ich mich geschlagen habe, wider sie und wider mich, um zu existieren, allein und zu zweit. Du warst meine Zukunft. Du wirst meine Vergangenheit sein. Alles weitere, wozu. In vier Tagen wirst Du neununddreißig. Als ich Dich das erste Mal traf, warst Du gerade sechzehn. Ich wünsche Dir Glück. Claude. Vielen Dank für die Blumen. Yassou geht es besser, Baya ist unter ein Auto geraten, sie wurde von einer Tierärztin versorgt. Misty, Victoire, Muzil. In ihrem Metier, Medizin, darf man sich nicht allzu viele Dummheiten erlauben. Ich hingegen darf mir erlauben, immer offen zu sein, nur auf mich selbst zu horchen ist die Grundlage meines Geschäfts.

Ich nenne sie Marie, sie heißt Marie-Christine. Gestern, mein Psychoanalytiker: Wer gab Ihnen Ihren Vornamen? In Christine die Anspielung auf Christus. Ich erzählte ihm von meiner Heilsmission, andere zu retten, ihnen die liebgewonnenen Rettungsringe zu zerstechen, damit sie sich mit mir oder aus eigener Kraft retten. Wer gab Ihnen ihren Vornamen, »mein Gott!« stieß ich hervor. Ich hatte kapiert. Ihr Vater oder ihre Mutter? Mein Gott. Meine Mutter wollte mich Marie-Christine nennen. Mein Vater hat gesagt: Nein, nicht Marie. *Le mari*, der Ehemann, ich ließ mich von ihm scheiden. *Un mari*, ein Ehemann, o Augustin, alles Kälber, Kühe, Schweine, oder aber eine Marie. Nicht Ehemann, nicht Vater, nicht Mann, kein Rettungsring, all diese Bündel, die Cousine Nadine, NC, *haine c'est*, Haß ist das, die Freundin, die sie auf ihren Rücken geschnürt hat. Gestern habe ich sie aufgesucht und nannte sie *mon trésor*, mein Schatz. Es war ihr Zimmer, in dem der Tresor stand, als sie klein war. Die Diamanten ihrer Mutter, das Bargeld. In einem kleinen Gürtel vor den Bauch geschnallt. Um eine Wohnung zu kaufen. Ein Diamantenhändler in Paris, einen Termin vereinbaren, die Diamanten schätzen lassen. Ein großzügiges Haus für uns beide, dank ihrer. »Du solltest sie verkaufen«, sagte ihr NC. Ihre Cousine hatte die Bekanntschaft eines Diamantenhändlers gemacht. Sie hatte mir erneut die Aufzeichnungen ihres Vaters ausgehändigt. Ich hätte auch Marie-Christine heißen sollen, in einer jener Familien, die das Geld zum Fenster hinauswarfen, aufgesammelt am Fuße des Weinbergs von der Zugehfrau. Die Frucht der Arbeit. Bilder an den Wänden. Léonore, *mon amour*, *mon or*, meine Liebe, mein Gold, Léonore. Ich bin heute in meinem Zimmer, sitze an meinem grünen Tisch, Spieltisch, an dem ich schreibe. Durch das Fenster schaue ich in den Garten, sehe die Lorbeerbäume, die Palmen, die Magnolie. Am Ende des Gartens betrachtet mein Vater die Straße nach Clermont, die meinen Garten begrenzt. Mein Schatz, *mon trésor, mon amour, mon or*, Léonore. Meine Léonore, *mon trésor. Mon trésor, mon or*. Nicht Marie, keine Heirat, kein Gold. Der Tresor befand sich in ihrem Zimmer. Zu jener Zeit wurden die Ärzte bar bezahlt. Ihr Vater übergab das Geld ihrer Mutter, die es allabendlich zusammen mit dem Schmuck und den Wertsachen im Tresor deponierte. Dieses Haus erdrückt mich, mein Großvater hatte es gebaut, Arzt aus Canet, selbst Sohn eines Arztes, dieser wiederum auch Sohn eines Arztes, und so über Generationen hinweg. Medizinbücher und -kurse stapeln sich, über Jahrhunderte hinweg zurückverfolgbar. In Miaurey im Niger bekam ich einen heftigen Wutanfall. Wir hatten uns aufgemacht, um die letzte Giraffenherde zu sehen. Von allen Seiten strömten Kinder herbei. Schon am ersten Tag im Hotel Esplanade, ich hatte es ihr gesagt, waren das für mich böhmische Dörfer. Ein einziges Wort, das sie kannten und ohne Unterlaß wiederholten, »Geschenk«, mager und mit aufgeblähten Bäuchen. Möglicherweise wird sie mir ein Fahrrad schenken, damit ich unabhängiger bin. Sie wurde in Oran geboren, Fellaghas, Partisanen, Bomben, ein vor ihrer Tür getöteter Araber, und das Strandhaus, die gemeinsamen Stunden mit ihrer Mutter, am Strand verbracht, ausgedehnte Spaziergänge am Strand, jeden Tag, wenigstens zwei Stunden. Wir bräuchten ein großzügiges Haus, richtig groß, mindestens zweihundertfünfzig Quadratmeter. Um meiner Zunge beim Lecken einen gewissen Schutzfilm zu gewähren, den Geschmack von Blut liebe ich, rühre ich zugleich eine

Salbe an. Alles stülpt sich, dreht sich immer wie ein Handschuh um. Warum wird die Zunge des Teufels als Flamme dargestellt, die sich spaltet, wie zwei schmelzflüssige Metallfinger, die sich trennen? Um zum Anwalt hochzusteigen, klammere ich mich am Geländer fest, (ich habe 80, 90 Blutdruck, höchstens), er soll die Spaltung der Körper von Claude und mir vollziehen. Das Gold trennt sich. Mir ist schlecht. Ich habe Schwindelanfälle. Eine Menschenherde, die Giraffen betrachtet. Plötzlich habe ich mich gefragt, was mich das anging. Sie hat mir das alles gegeben, um meine Blockade zu lösen, diesen Brief aus Afrika, die Aufzeichnungen ihres Vaters, es gelang mir nicht mehr, zu arbeiten. Ich hatte ihr alles zurückgegeben, es ist Schluß, ich wurde verrückt. Der Abstand zwischen draußen und meinem Zimmer. Trotzdem, bis zur Neige hätte ich es austrinken können. Selbst wenn es schwierig ist, man wird ja nicht darauf geeicht, sich an etwas Feuchtem zu erregen. Wie ein Handschuh, das ist wahr, kann sich alles jederzeit umstülpen, umdrehen. Das ist wahr. Das ist gut. Der Begriff Handschuh, der Handschuh, *le gant*, ist weitaus passender als Lager, das Lager, *le camp*. Ich sehe die Naht. Ich stülpe, drehe ihn um. Ich entferne den Schwanz. Ich sehe die Stelle. Ich dringe ein. Meine Finger verwandeln sich selbst in einen Schwanz. Schwanz, Schlußteil, Koda, die Spitze, man erkennt daran die Rasse eines Hundes. Nicht Rasse, nein, nur Geruch. Die Schleimhäute, das Streicheln verursache nicht ich, sondern die Flüssigkeit, die sich unter meinen Fingern verteilt. Misty, Muzil. Na bitte, Traurigkeit, aber auch, Lachen. Letztendlich gehen mich Giraffen nichts an, ihre großen Augen. Man findet sich in der Position des Betrachters wieder, unerwünscht, zurückgestoßen, überflüssig. Bénédicte schreibt mir, man fühlt sich fehl am Platz, man nimmt nicht teil, man ist wie gegen seinen Willen anwesend und auch gegen Ihren, ich bin Ihnen böse gewesen, aufgrund dieses Unbehagens, das ich verspürte. Sie errichten eine Mauer, eine gläserne Trennwand, transparent, aber unüberwindbar, und stellen sich zudem noch völlig aus. Sie zeigen brutal auf, Sie laden in keinster Weise ein, hinzusehen, Sie deuten keine einzige Willkommensgeste an. Der Zirkel der Einsamkeit schließt sich. Man ist wie versteinert, zur Flucht bleibt keine andere Möglichkeit, als in Kontakt zu treten. Kraft Ihrer Lektüre bekam ich Bauchschmerzen, Schmerzen in allen Gliedern, überall, und dann habe ich mich gefragt »heißt das wirklich leben? Derart viel Schwärze, kein Ausweg, so wenig Licht? Es scheint mir, daß Sie ein wenig das Licht vergessen«. Und *mon trésor, mon amour, mon or*?

Wie Claude es mit Verachtung ausdrückte »ich nehme an, daß ihre FreundInnen ...« Eine arme Frau, die keinen Schwanz hat. Die aber die ganze Nacht geweint hatte, an diesem Tag im November. Während sie zu mir sagte »es gibt sie nicht, die Liebe«. Ich habe ihr geantwortet »aber natürlich«. Sie sagte zu mir »ja, vielleicht, für die anderen, das ist möglich, aber nicht für mich. Ich wollte an sie glauben. Ich habe mit dir an sie geglaubt. Ich habe mich geirrt. Wieder einmal nicht. Sie existiert für die anderen, nicht für mich. Du, du hast sie erfahren, mag sein, mit Claude«. Rückkehr, ich bin weg. Wenn ich in Italien bin, fehlt mir Frankreich. Bin ich in Frankreich, fehlt mir Italien. Schön ist das Gesicht einer Frau, die man zwingt, zu gehen. Ihr kleiner Mund, ihre Augen, die die Ihrigen nicht aus den Augen lassen, ihre Arme, die sich öffnen. Ich hätte das niemals erfahren. Wenn ich an meinem Ekel anderen Frauen gegenüber haften geblieben wäre. Ein schwules Pärchen saß im Januar auf der Terrasse des Cafés. Es war einer der wenigen Tage, an denen Marie und ich uns wunderbar verstanden. Sie hatte gerade zu mir gesagt »den einen kenne ich, von der Avenue Saint-Lazare, er sieht unglücklich aus«. Ich hatte ihr geantwortet »na klar, er ist homosexuell«, aber aus Spaß, natürlich! Sie mochte das nicht. Danach fingen meine Telefonausbrüche an. Die sie nicht mochte. Claude kam mit Léonore und einer Zwanzigjährigen, die anscheinend seine Geliebte war, ins gleiche Café. Die Brünette von der Rue Saint-Guilhem, sie hatte sie eines Tages gesehen und zu mir gesagt »die kann dir niemals das Wasser reichen«. Eines Nachts hatte ich einen Traum. Auf irgendeiner Platte sang Mireille Darc mit ihrer unerträglichen Stimme »À Paris«, den Chanson von Francis Lemarque. Marie zollte dem keinerlei Aufmerksamkeit. Obwohl doch gerade dieser Chanson, dieser Chanson ... Ich war aufgewacht, sie hatte »mein Liebling« zu mir gesagt. Ich hatte den Traum in mein kleines Heft, gleich neben dem Kamin, notiert. »Hast du gut geschlafen, meine Liebe?« Ja, Geliebte. »Wie spät ist es?« Sieben Uhr dreißig. »Liebst du es, mit mir aufzuwachen?« Ja, Geliebte. »Ich werde dir einen Grubenhelm kaufen, mit einer kleinen Lampe vorn, damit du nachts Notizen machen kannst.« Ich war aufgesprungen, um die Fensterläden zu öffnen. Ich wollte ihr Gesicht sehen. An einem Tag wie diesem war ich dazu bereit, mit ihr ein gemeinsames Haus zu beziehen. Mit einer großen Terrasse, ein Garten wäre ideal. Ausgehen können, gehen können, kommen können, außer Haus, außerhalb sein können. Ich würde dies machen, ich würde das machen. Ich wollte nicht Schluß machen. Der Test bestätigte es! Ich liebe es, dich anzusehen, ich liebe es, dich ankommen zu sehen. Ich liebe dich, wie du bist. Ich liebe deine Haare, deine Augen, deine Sonnenbrillen, deine Kleidung, deine Nase, deinen Mund, deine Taille. Ich träume: Wir haben ein Haus. Wir leben gemeinsam darin. Wir lieben es, alle beide. Wir suchen gemeinsam die Dinge aus, die wir lieben. Léonore ist da. Niemand findet etwas daran auszusetzen. Du liebst, was ich schreibe. Du liebst es sehr. Wir lieben uns. Gemeinsam fühlen wir uns stark. Und mit Léonore. Pitou mein Herz wacht über sie. Pitou mein Herz war der Spitzname ihrer Hündin. Sie würde lachen, sie würde ein sanftes Lächeln zeigen »in einer Woche kannst du das Gegenteil behaupten«. Alles, was ich sagte, meinte ich auch. Ich wäre bereit gewesen, mit ihr ein gemeinsames Haus zu beziehen, an einem Tag wie dem mit dem Grubenhelm. Mit der kleinen Lampe vorn, um nachts meine Ideen und Träume zu notieren. Ein Haus mit zwei Etagen, sie mit Garten unten. Ich mit Léonore oben. Auch folgendes kam vor: »Du bist gerade weg, es ist jetzt neun Uhr zwanzig. Es ist komisch, Deine Augen so zu lieben, wie ich sie liebe, Deine Hände zu lieben, ihren Rücken, ihre Fläche, Deinen Körper, seine Sanftheit, seinen zarten Wuchs, Dein Haar, Deinen Hals mit dem Goldkettchen. Du mußt diesen Brief unbedingt verbrennen, er ist zu dumm. Ich liebe Dich. Christine.« Anfangs war es erregend, doch immer wieder stellte sich der Ekel ein, wir zogen uns stets wieder an. Und dann hatte sie eines Nachts zu mir gesagt »ich spüre zum ersten Mal keine Furcht vor dem Schwindel«. Und Claude, am nächsten Tag, »es ist verrückt, wie sehr man im Leben eines anderen stecken kann, und alles verrinnt«. Es gelang mir nicht zu arbeiten. Ich rief Marie an, um ihr zu sagen, wieder rief ich an, um ihr zu sagen »bring mich auf eine Idee ...« Im Wartezimmer saßen Patienten, sie hatte kaum Zeit. »Bring mich auf eine Idee, ich lege nicht auf, bevor du mich nicht auf eine Idee gebracht hast. Bloß eine Idee, ich bitte dich, ich bin blockiert. – Sprich darüber, daß mir ein Schwanz fehlt und daß ich täglich daran verzweifle. – Täglich? – Täglich etwas mehr.« Vielen Dank für die Blumen, sie sind bereits verwelkt, ich habe sie weggeworfen. Schwertlilien halten nicht besonders lange. Ich habe Marie angerufen, um sie zu fragen »erinnerst du dich daran, daß ich im November kurz davor war, mit dir gemeinsam ein Haus zu beziehen, mit zwei Etagen?« Es war schon spät, Zeit aufzulegen. Zuvor, kurz vor dem Schlafengehen, als ich sie wieder anrief, antwortete sie mir »ich küsse dich innig innig inniglich«, »ich küsse dich innig innig inniglich und allüberall«. Muzil hustete wie verrückt. Ich sagte mir anfangs »die Einschübe über das Klonen werden ihr unangenehm aufstoßen«. Muzil, Misty, Yassou, selbst Schildkröten hat sie, und Fische, aber Baya futtert deren Nahrung, Pitou mein Herz. Sie ist derart verfressen. »Ich liebe Frauen«, wie oft hat man das schon zu hören bekommen? Zu sagen »ich liebe Frauen«, solange man ein Mann ist, einfach. »Ich liebe Tiere«, für einen Menschen, einfach. Muzil hat mir erzählt, wie sehr der menschliche Körper, verstrickt in das Netz medizinischer Behandlung, bis aufs Blut seiner Geschichte und Würde beraubt, jegliche Identität verliert. Bénédicte schreibt mir »vielleicht werfen Sie den Leser nicht vor die Tür, sondern lassen ihn gar nicht erst bis zur Schwelle kommen, und vielleicht habe ich das Licht in Ihren Büchern nicht zu sehen vermocht«. Ich mochte die Stellung, wenn ich auf ihr lag. Das klappte wunderbar, war wie mit einem Mann. Wir mochten es beide. Ich erinnere mich, einmal, ich war kaum wieder bei Sinnen, kaum wieder zu Atem gekommen, ich hatte mich kaum ausgeruht, da wollte sie mich erneut kommen lassen. Mein Körper war entladen. Es braucht Zeit, bis er wieder so weit ist, wie ein aufladbares Telefon. Es auf der Basisstation ruhen lassen, eine Zeitlang, ohne es zu benutzen. Entladen, die Brüste gefühllos. Sie leckte mich, wo doch schon diese Position ... Sie ging viel zu eilig vor, kaum ausgeruht, kaum wieder zu Atem gekommen, spulte ich alle möglichen Phantasievorstellungen ab, keine zündete, genau wie die gefaxten Seiten an Jean-Marc, ich verbrannte sie. Eine nach der anderen. Erledigt. Keine überzeugte. Gar keine, seit Tagen. Ich habe dem ein Ende gesetzt, indem ich sagte »hör auf«. Zum ersten Mal sahen wir uns mit dem Scheitern konfrontiert. Ich konnte darüber nicht einschlafen. Ich habe ihre Finger reingesteckt. »Das Scheitern auszuhalten erträgst du wohl nicht, was?« Ich blickte zum Vorhang am Fenster. Diesen Stoff hatten wir gemeinsam ausgesucht, Claude und ich. Wir suchten immer alles gemeinsam aus, immer zu zweit, wir waren »Verliebte«.

Aufzeichnungen ihres Vaters: Meine Eier: Meine Teile. Europa, Asien, Afrika, Ozeanien, Amerika: die fünf Teile der Erde. 1937, meine Jugend. Ich wurde am 18. Dezember 1906 in Carcassonne geboren. Dort verbrachte ich auch die ersten sechs Jahre meines Lebens. An diese Zeit habe ich nur wenige Erinnerungen. Léonore wird sich an alles erinnern. Baya, die Hündin. Yassou, die Schildkröten, die Fische in den Aquarien am Ausgang der Schule. Clara. Ding-ding mit dem Liebling. Mama und Marie. Vielleicht das Haus auf der Île de Ré. Wenn ich mit ihr am Strand spazierenging, begleitete uns wie bei vielen Homosexuellen ein Hund, unser Kind war ein Monster, kraft einer unnatürlichen Verbindung. Zum Glück war auch Léonore dabei, die ihm Steine ins Meer warf. Allein ihre kindliche Gegenwart, wie sie rannte, sprengte das Bild. Ich habe sie geleckt, ich, diese Mutter, deren Kind eine Hündin ist. Ich bin verrückt, tatsächlich, ich bin verrückt. Ich werde nur eine kleine Leserschaft von Durchgeknallten erreichen, wenn ich so weitermache. Wie Janine es mir vorausgesagt hat. Ich habe Schluß gemacht, ich beginne zu arbeiten, meine kleine Leserschaft von Durchgeknallten ist mein Rettungsring. Wenn ich mich von meinem Stuhl erhebe und zu taumeln beginne. Wieder eingeholt von meinem Schwindel. Die Rue de la Loge hinuntergehen und sich an die Mauern klammern, zum Anwalt hochgehen und sich ans Geländer klammern. Anfangs schlich ich die Mauern entlang, inzwischen klammere ich mich an ihnen fest. »Ich liebe Frauen«, »Ich liebe Tiere«. Ich stehe noch immer unter Schock. Ich hatte gestern mit Sicherheit nicht die Absicht anzurufen. Ganz sicher nicht. Ich war fertig, ich wollte früh schlafen gehen. Sehr früh. Ich hatte einen guten Tag hinter mir. Ich hatte einige Stunden mit Claude verbracht. Léonore kam gut gelaunt nach Hause. Sie war den ganzen Tag mit Clara bei ihrer Großmutter gewesen. Claude und ich hatten für den 8. Mai Pläne gemacht. Es lief gut, alles war entspannter. Ich habe angerufen. Doch nur, weil ich Bauchkrämpfe bekam, von ganz unten herauf bis hoch zur Brust, ich hatte starke Schmerzen. Ich greife zum Telefon. Ich frage, ob ich sie störe. Sie sagt zu mir »ich rufe dich in fünf Minuten zurück«. Sehr gut. Wie geht's? Ich habe Bauchschmerzen, ich habe Krämpfe. Ich bin so müde. Und sie darauf, ganz fröhlich, »ich war auf der Ausstellung von Arpac, und habe mich entschieden, am 16. mit Agnès und Annie einen Abend zu geben«. Danach ist alles außer Kontrolle geraten. Ich war eingeladen, ich konnte mitbringen, wen ich wollte. Wen wollt ihr, daß ich mitbringe? Sie dachte, ich würde mich freuen. Aber nein, da hast du dich geirrt. Wir sollten uns besser nicht mehr sehen, gar nicht mehr, auch nicht als Freundinnen. Immer und immer und immer wieder der Versuch, einem einen reinzudrücken, reinzuwürgen, Schluß zu machen. Ich glaube, im Moment schreibe ich ohne nachzudenken. Wieder meine Sachen zusammensammeln, meine Tasche, adiós, ich bedauere, dich kennengelernt zu haben. Der 9. September, ich bedauere, zu diesem Abendessen gegangen zu sein. Wo ich dich getroffen habe. Für immer, immer. Ich habe Alain gesehen, ich werde mit ihm zusammenarbeiten. Das ist gut. Das müßte dir gefallen? Hör auf zu tun, als ob dich das interessierte. Ich werde schlafen gehen. Ich bin erledigt. Ja, es geht besser, du hast recht, geh schlafen. Ruh dich aus. Ich küsse dich. Ja, genau. Bis dann. Bis irgendwann. Dennoch machen wir weiter. Reden wir weiter. Aber es läuft nicht. Und dann ist die Leitung gestört. Sie sagt zu mir »ich rufe dich zurück«. Ich rufe Frédéric an, damit besetzt ist. Ich plaudere eine gute halbe Stunde mit ihm. Dann rufe ich zurück. Ich sage zu ihr »entschuldige bitte, Frédéric hat mich angerufen, wahrscheinlich war besetzt«. Klasse, dein Projekt, mit Alain zusammenzuarbeiten. Ich bitte dich, hör auf damit. Und Schritt für Schritt wird es unerträglicher. Ich lege auf, ich sage ihr, daß es mir reicht. Ich rufe wieder an und sage, daß es mir reicht. Wir müssen endgültig Schluß machen, wir sollten uns nicht mehr sehen, gar nicht mehr. Ich kann es nicht mehr ertragen. Ich lege mich schlafen, ich habe mir die Zähne geputzt, ich bin bereit schlafen zu gehen. Selbst das

Telefon habe ich ausgestöpselt. Ich lege mich schlafen, rufe aber wieder an, ich stöpsle das Telefon wieder ein und rufe wieder an. Um ihr zu sagen, daß es mir reicht, reicht, reicht. Auf diese Weise verbringen wir allabendlich Stunde um Stunde. Sie sagt zu mir, wir könnten statt dessen lesen, Filme sehen, FreundInnen treffen, uns ausruhen, aber nein, all die kostbaren Stunden, verloren, für nichts und wieder nichts. Für Ausstöpseln, Zurückrufen. Ich lege mich schlafen, rufe wieder an. Ich habe mich schlafengelegt und zu mir gesagt, also jetzt ist endgültig Schluß. Ich konnte nicht mehr. Der einzige Vorteil an der Sache, morgen würde ich diesen Wahnsinn niederschreiben. Rita hat zu Claude gesagt »›Les Autres‹, da hat Christine wirklich übertrieben«, und weiter, »ist sie eigentlich noch mit dieser Frau zusammen?« Und Hermann »wir werden alles im nächsten Buch erfahren«. Meinen Vater habe ich nicht mehr gesehen, ich hatte Claude kennengelernt, ihn geheiratet. Ich habe mich dann entschieden, meinen Vater wiederzusehen. Mit ihm hatte ich keine andere als eine nicht zu Ende gebrachte sexuelle Beziehung. Als ob der Zufall es wollte, auf schöne Jünglingsweise ... Es bedurfte einer völligen Übersicht, damit die Schrift weiterhin schlagkräftig sein konnte. Schlagkräftig, ja, schlagkräftig. Wie schlagen und bluten. Die anale Penetration war nicht so schlimm für den Anfang, aber was folgte. Ich hatte in der Presse gelesen »ein medienwirksames Cover will verdient sein«. Die Journalisten beschämen, kleine Sticheleien, so wie man auf dem Jahrmarkt Dartpfeile wirft, das ist ethisch und auch entspannend. Den Damm- und Schließmuskel in Anspannung versetzen, um bestimmte Passagen zu schreiben. Marie. Marie, was machst du gerade? Besuchst du Patienten?

Heute morgen bist du im Krankenhaus. Heute nachmittag spielst du Tennis. Morgen ruhst du dich dann aus. Du machst einfach nichts, du willst einfach mal nichts machen. Samstag fährst du Léonore und mich mit dem Auto zum Theater. Du läßt uns hinsichtlich des Datums keine große Wahl. Trotzdem nett von dir. Ich habe ihr am Telefon vorgelesen »diese Mutter, deren Kind ein Hund ist«. Sie hat darauf nicht reagiert, es hat sie nicht rasend gemacht, ihre Hunde sind nun mal Kinder, meistens Labradors, das dürfte hinlänglich bekannt sein.

Vorteilhaft ist, daß sie Ärztin ist. Sie hat mir Atemübungen und Wirbelsäulengymnastik verschrieben. Nach drei Monaten homosexueller Verspannung, war das dringend notwendig. (Ich mache keine Witze.) Der Krankengymnast hat mich gefragt, was für einen Beruf ich ausübe, daß mein Rücken in einem solchen Zustand ist. Schriftstellerin. Er hat nicht länger gefragt. Er hat verstanden. Die Brüste, wagte ich nicht zu berühren. Die Klitoris, ich hatte keine Ahnung, wo das liegt. Ich mochte nicht mit ihr ausgehen und auch nicht, daß man von mir dachte, ich wäre dabei, mich zurechtzufinden. Sie kam anläßlich des Karnevals, um Léonore die Augen japanisch zu schminken. Meine kleine Tochter, von der in der Zeitung »Midi-Libre« die Rede war. Ihre Schlitzaugen werden tränenfeucht, als sie Monsieur Karneval verbrennen. Für die kleine Japanerin hat die Parade einen anderen Verlauf genommen. Die Schüler sangen ohne Unterlaß ihre Lieder und tanzten ihre Farandolen. Bis auf die kleine Japanerin, deren Kajal zerlief. Giraffen, während neben mir Kinder stehen, die vor Hunger sterben. Eine Lesbe, während neben mir meine Tochter steht, die weint, verbrennt Monsieur Karneval. Aber

Monsieur Karneval, vor vierzig Jahren hätte sie es sein können, in einem Lager deportierter Homosexueller. Ich träume! Ich träume: Ich liebte es, sie zu sehen, sie ankommen zu sehen. Und mit Léonore. Pitou mein Herz wachte über sie. Pitou mein Herz war der Spitzname ihrer Hündin, Baya. Sie war äußerst homosexuell, sie hatte alles, hatte das Kätzchen, hatte die Hündin. Ich war fasziniert. Clara wollte immer die Mama sein. Sie beeilt sich, sagt es brüsk. Was ihr, Léonore, übrigbliebe, so erzählt sie mir halb schluchzend, sei, die zweite Mama zu spielen. Und sie hat nicht das Recht, Kinder zu haben, eine kleine Katze oder einen kleinen Hund, ja, aber das ist auch schon alles. Das macht mich krank. Mich hatte es ganz schön erwischt. Drei Monate lang war ich wirklich außer mir. Ich wollte weitermachen. Ich fühlte mich kräftig genug. Aber das ist es ja, ich habe es bis zur Neige ausgekostet. Léonore pfeift mehr und mehr darauf, im Spiel der Junge zu sein, nur weil Clara unbedingt das Mädchen spielen will. Mit einer einzigen Geste hatte er die ganze Diskussion schlagartig unterbrochen: Wie lange? Muzil hatte zu mir gesagt »Ein Arzt rückt niemals brutal mit der Wahrheit heraus, er bietet dem Patienten in einer verschrobenen Sprache die Mittel an, sie selbst zu begreifen, oder eben auch nicht«. Der Schwanz fehlte, ich war mir darüber im klaren und ich beklagte es. Der Spiegel im Spiegel, ich fiel ihm zum Opfer und ich beklagte es. Nach einer Weile erhob ich nicht mehr den Anspruch auf Vollkommenheit. Ich versuchte. Manchmal lehnte ich mich versuchsweise auf. Ich zog Röcke an. Der Chefarzt verschrieb Muzil hohe Dosen Antibiotika. Ich liebe Frauen, ich liebe Tiere, ich liebe Männer, ich liebe Italien, ich liebe Rot, ich liebe Léonore, ich liebe das Leben, und Hunde eben auch.

Ihr erster Brief: Das stammt von René Char. Das ist für Dich: Poch auf deine Chance, schnüre dein Glück und geh auf dein Wagnis zu. Dein Anblick, bald sind sie's gewöhnt. Der zweite: Die Luft, die ich stets bereit fühle, den meisten Wesen zu mangeln, hat, wenn sie zu dir stößt, Überfülle und funkelnde Muße. Ich lebe mit Dir auf eine wunderbare Weise. Das ist die einzige Chance. Zwölf Uhr zwanzig. Vor mir liegen der Brief aus Afrika, das Buch von Guibert, das Magazin »Eurêka«, »Libération« über Viagra, die Aufzeichnungen ihres Vaters, die tierischen Klone, das Telefon. Sie hat mich heute morgen nicht angerufen. Ich bin erledigt. Ich schlief, Léonore hat mich geweckt. An der Tür, poch poch. *Pas de Marie,* keine Marie. Ich bin allein. Gerade hat mich ein Fotograf angerufen, er will einen Text, es geht um Fotos von Toren beim Fußball. Und auch: Natürlich bin ich gerührt, wenn ich an Dich denke, sobald ich Dich sehe, natürlich ist der Gedanke für mich unerträglich Dich nicht mehr zu sehen Dich nicht mehr in meine Arme zu schließen Dich nicht mehr zu lieben Merkwürdig ist der Beweis Deiner Abwesenheit, dieser Einsamkeit in der Du mich wider meinen Willen begleitest Ich würde es so gerne schaffen ganz einfach bei Dir mit Dir im Leben zu sein Zum ersten Mal spüre ich wirklich den Mangel das Leiden ist schwierig ist nötig Vielleicht werde ich alles verlieren werde ich Dich verlieren ich weiß es nicht ich denke zu sehr an Dich ich denke fast ständig an Dich ich küsse Dich. Ich habe keine Lust sie anzurufen. Das ist verronnen. Bevor er gegangen ist, hat Claude gestern zu mir gesagt, nur mit dir verspüre ich immer diese Energie. Was? Ich kann es dir nicht erklären, diese Energie halt. Die Lust, etwas mit dir zu machen, Energie, bei dir. Nicht, um die Zeit irgendwie zu verbringen, sondern eben Energie, richtiggehend Energie, wirkliche Lust. Ich habe keine Energie, ins Kino zu gehen, Restaurants aufzusuchen, Reisen zu unternehmen, Urlaub zu machen, ich konnte das nicht, keine besondere Freude, etwas gemeinsam zu entdecken, für mich, bei ihr, eben keine besondere Energie. Dennoch bestätigte es der Test, positiv. Die Brüste, sie waren klein, aber dennoch ihre. Mich faszinierte das. Ich stellte sie mir zusammen mit anderen Frauen vor. Ich war nicht eifersüchtig, mich faszinierten diese Frauen unter sich. Sie befand sich auf einer sehr kurzgemähten Wiese. Das hat sie in New York geträumt. Ihr Vater war bei ihr. Die Wiese war sehr flach, kurzgemäht, das Gras, kurzgeschnitten. Die Sichtverhältnisse, optimal. Dennoch kann man Jäger hören, Schüsse. Unglaublich, ein Jäger würde es doch niemals wagen, unter solchen Umständen zu schießen, bei einer solchen Sicht, ohne dem Tier auch nur die geringste Chance zu lassen. Doch. Ein junger Damhirsch erschien. Seine Augen sind ruhig und zu Tode erschrocken. Sie sieht ihn und sagt zu ihrem Vater: Das ist doch nicht möglich. Die Jäger werden doch nicht schießen. Aber sicher, und zwar ins Ohr, in eine so empfindliche Stelle. Der kleine ruhige zu Tode erschrockene Damhirsch. Ich war natürlich der kleine ruhige zu Tode erschrockene Damhirsch, oder sie. Während ich das schreibe, entdecke ich meine Liebe wieder. Ich liebe sie. Ich werde sie anrufen. Ich träume. Ein Haus, alle beide. Zwei Etagen. Léonore ist da. Das klappt. Ich schreibe. Sie geht zur Arbeit. Sie kommt nach Hause, ich bin da. Ich hole Léonore von der Schule ab. Nur donnerstags nicht, donnerstags übernimmt sie das, sie holt sie ab, um dann mit Baya einen Strandspaziergang zu machen. Beide werfen Kiesel ins Meer, Baya sucht sie im Wasser. Oh nein, die friert nicht. Bei dem Fell. Ich bin nicht homosexuell. Drei Monate lang bin ich es gewesen, ich glaubte dazu verurteilt zu sein. Ich war Gefangene der Situation. Aber ich weigerte mich, bei ihr zu schlafen. In diesem Haus für Tiere. Mit einem Schwimmbecken. Wenn man an alle Arten zu leben denkt, stirbt man nicht, das ist ebenso bewundernswert. Im Schwimmbecken baden. Ein Bad nehmen. Neun Uhr, duschen. Am 8. Mai zu sich sagen »heute werde ich mich nicht waschen«. Oder aber anrufen, weinen, warten, einen Tisch für abends bestellen, sich ein wenig langweilen, auf Freunde warten, um mit ihnen zu picknicken (ich nicht), es ist bewölkt, es wird aufklaren. Energie verspüren, Musik hören. Husten, sich unwohl fühlen. Einkäufe erledigen, am Morgen, am Nachmittag werden alle Läden geschlossen haben. Einen Ständer kriegen. Miteinander schlafen. Sich masturbieren, pinkeln, abschwellen, über etwas nachdenken, weinen, aus Afrika zurückkehren. Lesen. Nicht lieben. Sich langweilen. Seine Tochter wiedersehen. Auf mich warten. Auf meinen Anruf warten. Nicht anrufen. Sehr wohl wissen, daß ich es schließlich doch tun werde. Vielleicht aber auch nicht. Dieses Mal. Vielleicht aber auch nicht sofort. Mir meine Zeit gönnen. Mich umdrehen. Vielleicht möglich, daß ich schreibe. Vielleicht möglich, daß ich mit jemandem zusammen bin. Uns beobachten, aus dem Fenster von gegenüber, beim Gießen der Bonsais. Nach London reisen, einen Freund bitten, rein zufällig Claude, die Bonsais zu gießen, wo ich doch gegenüber wohne. Die Haustür öffnen. Auf der Straße schreien. Wie gestern abend. Irgendjemand, mindestens zwei Stunden lang. Zu sich sagen, es ist Mittag, sie hat gesagt, daß wir zusammen zu Mittag essen würden. Darauf warten, daß ich anrufe. Genau wissen, daß ich es tun werde. Sie wird anrufen. Ich habe angerufen. Es gab auch Frauen in den Lagern deportierter Homosexueller. Die Lautsprecher verströmen klassische Musik. Die SS-Offiziere ziehen Jo vollständig aus. Sie drücken ihr gewaltsam einen Eimer auf den Kopf. Braun, entblößte Brüste, ihre schmalen Hüften, ihr Rumpf, ihr Hals mit dem Goldkettchen. Die Schminke ihres Blicks. Der Kajal zerläuft. Ein Eimer aus Weißblech. Sie lassen die Lagerwachhunde auf sie los. Sie denkt an Baya, ihre Hündin, die sie so liebte. Pitou mein Herz. Um sie herum bellen die Hunde. Mein Liebling. Was ich mir am meisten erhoffe, ist ganz nah bei dir zu leben. Mit dir, du für mich und ich für dich, mit anderen, die uns nahe sind, intim manchmal, leben und einen gemeinsamen Ort besetzen. Ich träume. Wir suchen gemeinsam die Dinge aus, die wir lieben. Pitou mein Herz wacht über sie. Immer häufiger ertappe ich mich, daß ich statt du und ich wir schreibe, daß ich mir mit dir die Zeit, das Leben, die Zukunft vorstelle. Ich liebe dich, du weißt das, vergiß es nicht. Wir sollten eine und alles sein. Ich habe sie gerade angerufen. Besetzt, das Klopfzeichen ertönte. Sie hat nicht reagiert. Ich habe wieder angerufen, wieder hat sie nicht reagiert. Ich habe nochmals angerufen, erst das Freizeichen, dann der Anrufbeantworter. Ich habe folgende Nachricht hinterlassen: Wo bleibst du denn? Ich rufe dich an, es ist besetzt, auf das Klopfzeichen reagierst du nicht. Ich rufe wieder an und dann läuft der Anrufbeantworter. Was treibst du? Vielleicht ist sie, sofort nachdem sie aufgelegt hat, mit Baya spazierengegangen. Aber das würde mich wundern, ich habe ja sofort wieder angerufen. Sie hat sich vielleicht dazu entschlossen, nach dieser Nacht nie wieder meine Stimme hören zu wollen. Gestern abend am Telefon »ich leide« und »ich bin unglücklich, laß mich«. Dann habe ich den Spieß umgedreht, wir haben uns verabschiedet, bis morgen, das heißt heute. Über Nacht hat sie ihre Meinung vielleicht wieder geändert. Ich war entschlossen, es abzubrechen, und zwar definitiv, dieses Mal, gestern. Nein, wirklich, ich war nicht wirklich sicher, ob ich wollte, daß sie mich nach Avignon begleitet. Nächsten Monat nach Paris, noch weniger. Im übrigen werden wir uns vielleicht überhaupt nicht mehr sehen. Überhaupt nicht. Ich habe ein Schluchzen in ihrer Stimme vernommen und einen Schritt zurück gemacht. Wenn sie sagt »du hast mich an Dinge glauben lassen, ich habe daran geglaubt ...«, dann rührt sie mich, »an die Liebe ...«, »du hast mir vor einigen Tagen gesagt, du wirst mich für immer lieben, und du wirst niemals vergessen, wie ich zu dir bin, wie ich alles mache, aber nein, jetzt mußt du brechen«. Wir hatten bereits im Februar Schluß gemacht. Ich hatte zu ihr gesagt »ich brauche Zeit für mich«. Sie hatte mir geantwortet »ich auch«. Am Abend, Léonore war schon im Bett. Ich habe sie angerufen, ich hätte es nicht tun sollen. Es entgleiste völlig, es ist wieder mal schief gelaufen. Dann habe ich mir »Muriel« angesehen, die beiden Mädchen fahren am Schluß des Films gemeinsam in einem Taxi ab. Ich habe sie angerufen, spontan diesmal, sie war froh darüber, sie hat zu mir gesagt, ich habe dir geschrieben, ich bin spazierengegangen, ich habe den ganzen Tag an dich gedacht. Ich erzähle es dir morgen. Sag es mir jetzt. Nein, ich werde es dir morgen erzählen. Morgen, ich weiß nicht, ob wir uns morgen sehen werden. Wir haben doch vereinbart, daß wir Léonore ins Theater ausführen. Danach geht jeder seiner Wege. Wir werden ja sehen. Letztendlich werden wir ja sehen. Sag mir, was du gedacht hast. Ich habe gedacht, daß ich dich liebe und was ich alles nicht an dir ertrage. Na gut, also sehen wir uns nicht. Ich kann ebensogut mit Alexandra ins Theater gehen, mach dir bloß keine Umstände. Ich habe einen wunderbaren Tag verbracht, ohne dich zu sehen. Sie hat den Hörer aufgeknallt. Nur fünf Minuten später klingelte es wieder. Wieder habe ich nicht an mich halten können. Wieder hat sie aufgeknallt. Ich wollte mir die Zähne putzen, meine Medikamente nehmen. Ich habe sie zurückgerufen, sie hatte ausgestöpselt. Ich habe sie viermal angerufen. Sie hat nicht abgenommen, sie hatte ausgestöpselt, war darüber eingeschlafen. Später hat sie mir gestanden, daß sie das Klingelzeichen gehört hatte, das erste. Sie hatte keine Lust abzunehmen, es genügte ihr, das Klingelzeichen zu hören. Und die anderen, die anderen Klingelzeichen? Sie hatte sich Ohropax in die Ohren gestopft. Ich weiß sehr wohl, wo auch ich beschissen bin. Ich werde es aber nicht sagen, der Tag, an dem ich das ausspreche, das wird ein Meisterwerk, niemand möchte das aussprechen. Niemand kann das aussprechen. Da, wo er beschissen ist. Niemand. Ich lebe auf Auswegen, mehr werde ich dazu nicht sagen. Ich akzeptiere es kaum, festgenagelt zu sein, zu lange schon, mehr werde ich dazu nicht sagen. Drei Monate. Nicht durchgehend. Männer, die nicht nageln, oder Frauen, die das Temperament dazu hätten, aber leider nur Finger haben. Marie hat zu mir gesagt »weißt du, daß es Frauen gibt, die Viagra nehmen, um ihre Leistung zu steigern«. Claude, »weißt du, daß man in den Vereinigten Staaten die Fußballtore vergrößern möchte? Damit noch mehr Treffer erzielt werden. Um Fußball für die Öffentlichkeit reizvoller zu machen«. Am Samstag abend, nach dem telefonischen Schleudertrauma, habe ich sie noch ein weiteres Mal angerufen. Um ihr zu sagen, also, was machen wir? Ich erspare Ihnen die Details, wir haben uns durchgehend beschimpft. Schließlich und endlich kam sie gegen zwei zu mir. Sobald ich sie sehe, glüht es auf. Dann kühlt es ab, sie fühlt das, es ist ein kleines Nägelchen, ein Rosenspitz, ein Hosenspitz, ein Rosenspatz, es ist ein kleiner Hosenmatz der fehlt. Ich habe ihr meinen Fußballtext zu lesen gegeben, währenddessen las ich ihren Brief. In ihrer Medizinerhandschrift, sehr ausschweifend. Ein Tag wie jeder Tag ohne Dich. Ein farbloser langweiliger Tag. (Sie setzt keine Satzzeichen.) Ein Tag wie jeder Tag ohne Dich Ein farbloser langweiliger Tag Der stechende Schmerz Deiner Abwesenheit und dennoch bin ich wie bewegungslos gehe ich keinen einzigen Schritt auf Dich zu (Satzzeichen gibt es bei ihr überhaupt keine. Keine Grenzen, die Metalle vermengen sich, die Verschmelzung, das Vermischen, kein Komma, kein Punkt.) Ein Tag wie jeder Tag ohne Dich Ein farbloser langweiliger Tag Der stechende Schmerz Deiner Abwesenheit und dennoch bin ich wie bewegungslos gehe ich keinen einzigen Schritt auf Dich zu Ich horche und weiß daß Du in mir bist ich spüre Dich wie Du Dich bewegst in meinem Bauch mein Bauch spricht mir von allen am besten von Dir ich lasse mich davontragen ich will das Wagnis der Liebe dieser einen Liebe mit Dir dieser manchmal so besonderen und innigen Liebe und der furchtbaren Schärfe die sie begleitet Ich bin stolz auf Dich, stolz auf mich mit Dir auf die Liebe die Du mir zuträgst aber bin ich es den diese Liebe meint Die Worte Deine Worte meinen sie mich Wenn ich mich doch nur einmal einer wahrhaften Liebe entsprungen fühlte Dieser Mangel an Liebe läßt all meine eigenen Versuche ertauben Verfehlte Liebe verfehltes Schicksal vielleicht ist es das und ausschließlich das mein Schicksal Möglich daß ich das niemals überwinden werde Möglich daß ich für immer von Arm zu Arm ziehen werde auf der Suche nach einer Geste einem Gesichtsausdruck der mir wirklich von Liebe spricht der mich meint mit etwas Einzigartigem nur mich Einziger Adressat eines Wortes das sich in einer Liebe verloren hat die nicht aus einem Leben entstanden ist das sich zerstört Ja ich habe Lust zugehörig zu sein und Lust zu lieben Dich zu lieben geliebt zu werden von Dir Aber ich bin um alles gebracht Ich denke an die Liebe und es stürzt von allen Seiten auf mich ein Ich habe Angst daß es mir nie gelingt verstehst Du und wenn es mir nie gelingt warum dann noch fortfahren Ja ich habe Angst und je mehr Angst ich habe desto mehr gehe ich auf Distanz zu Dir desto eher meide ich Dein Gesicht Deine Arme Du verstehst kannst es aber nicht ertragen und ich ich kann auch nicht mehr Ich liebe Dich. Léonore nenne ich Marie-Christine und Marie-Christine nenne ich Léonore als man sie mir an die Brust gelegt hat wußte ich nicht was es heißt eine kleine Tochter zu haben die Heilige Jungfrau vom KINDE getrennt ich weinte lachen Sie nicht, *pas de marie*, keine Marie, mein Mann, er wachte über uns, Joseph, ich war die Mutter von Christus und Christus, die Finger von Marie-Christine waren sechs Jahre jünger, ich kam nieder mit Léonore Marie-Christine Marie-Christine Léonore Léonore Marie-Christine Marie-Christine Léonore Léonore Léonore Marie-Christine Léonore Léonore Léonore. Léonore Marie-Christine Marie-Christine Léonore. Léonore Marie-Christine. Marie-Christine Léonore. *Mon petit amour, ma petite chérie mon or mon trésor mon amour mon petit amour*

Marie-Christine Léonore Léonore Marie-Christine Marie-Christine Léonore Léonore Marie-Christine Marie-Christine Léonore Indem ich niederkam wurde ich homosexuell indem ich niederkam mit Léonore Léonore Léonore-Christine da müssen wir mal hin in dieses Restaurant In Kopenhagen Das Léonore-Christine Léonore Léonore *Mon trésor* Los Tor Tor Fußballtor. Léonore weiß, daß es sich um die Weltmeisterschaft handelt. In der Schule quatscht man ihnen damit die Ohren voll. Ich habe Pierre Blanc angerufen, den Fotografen, er war zufrieden, daß ich angefangen habe. Wirklich zufrieden, man ist bereit, die Summe, die ich verlange, zu bezahlen. Er machte einen sehr zufriedenen Eindruck, sehr zufrieden. Samstag abend, bei ihr. Ich habe Alain Chamfort aufgelegt, Ewigkeit ist, wenn ich deinen Mund und nicht die Anzahl der Jahre im Höllenschlund. Sie hat mir von Yassou erzählt, man sieht noch immer den Abdruck der Zähne des schwarzen Hundes. Ich habe ihr daraufhin sofort von Léonore erzählt. Was bitte läßt dich plötzlich an Léonore denken? Yassou, die kleine Katze. Ich hatte die letzte CD von Alain Chamfort aufgelegt am Samstag abend, sie war gerade damit beschäftigt im anderen Zimmer der Katze den Verband zu wechseln. Ich habe sie das ganze weiträumige Zimmer durchschreiten sehen. Wenn sie von weitem auf einen zukommt. Wenn ich ihren ganzen Körper auf mich zukommen sehe. Vor allem, wenn sie lächelt. Und vor allem, wenn ihre Augen leuchten. Oder aber, wenn sie mit anderen redet. Ich sehe sie durchs Fenster. Wie gestern auch. Dann drei kurze Schläge gegen die Wand. Im anderen Zimmer. Sie sind weit, schön, sie werden einschlafen. Schlafe, ja, ich klopfe an die Wand. Ja, sicher. Und auch dann, wenn ich einschlafe, Zärtlichkeit und Küsse, ja sicher. Wir sind gestern auch Fahrrad gefahren. Ich habe mein Wissenschaftsmagazin verloren. Wozu dienen tierische Klone? Fragen, die sich Franzosen stellen. Was ist das Locked-in-Syndrom? Sprechen Sie nicht einen anderen Grund der Funktionsstörung an: Die Vergreisung. Man weiß immerhin, daß es vaginale Trockenheit und Schmerzen während des Sexualverkehrs gibt. Marie reagiert allergisch auf Zypressen, natürlich, der Baum des Friedhofs, aber auch Italiens. Ein kleiner versehentlicher Stich, ein Stich mit einem Dartpfeil hat ihr vierundzwanzig Stunden Kopfschmerzen bereitet. Mein Liebling Es ist Samstag Du bist gerade gegangen und ich fühle mich Dir so nah und ich habe Deine Kraft und Deine Begierde in mir wie auch meine und dies alles bereitet mir Lust zu leben vorwärtszukommen Dich zu erwarten Dir mitunter zu folgen Dir den Weg zu weisen oder Deinen einzuschlagen der oft selbst für einen Esel ein schwieriger Weg ist wir haben keine Hufe sondern nur unsere Herzen unsere Hände unsere Münder Unsere Worte und diese sind so häufig erfüllt von Zweifeln aber auch von der Sicherheit einer offenkundigen LIEBE die wir teilen ich hoffe für eine lange Zeit und vielleicht für immer. Sie redet nicht sehr oft darüber, aber von Zeit zu Zeit sagt sie mir, daß es sie traurig stimmt, daß ich sie nicht lecke. Ich lecke ihr die Arme, den Bauch und die Brust, oft. Weiter unten kann ich sie nicht sehen, es ist genau das, was ich nicht mochte. Sie mag diesen Ausdruck nicht, lecken. (Mochte nicht.) In ihren Augen heißt es Reste lecken. Von einem fettigen Teller. Sie sagt zu mir, natürlich die Finger, aber was man mit dem Mund berührt ... Ich bin die erste Frau, die es ihr nicht macht, vielleicht vier- oder fünfmal, oder sechsmal, keinmal danach. Sie hatte den Eindruck, daß ich einen Teil ihres Körpers nicht liebte. Ich ließ etwas Zeit verstreichen, ich wußte, daß ich hinuntergehen würde. Ich hatte keine Lust, sofort zu mir zu gehen. Sie hatte es eilig, mich zurückzubegleiten, sie mußte am nächsten Tag früh im Krankenhaus arbeiten. Ich fühlte mich wohl in ihren Armen, ich wollte noch etwas bleiben. Und ich wußte, würde ich sie lecken, hätte sie es nicht mehr so eilig. Sie hatte es nicht mehr so eilig. Ich habe geweint, meine Tränen auf meinen Wangen und die Vaginalsekrete von Marie-Christine Léonore-Christine, dieses Restaurant, wir werden Champagner fließen lassen. Léonore. Léonore. Marie. Marie. Christine. Ich weinte, das war die Verschmelzung, ich war sie, im totalen Wahn von Homosexualität. Im totalen Wahn. Ich tauchte erneut ab. Der letzte Schluck, hat man einmal aufgehört, darf man unter keinen Umständen auch nur einen Tropfen Alkohol mehr anrühren. Lecken, weinen, sie hatte ihren Schutzfilm, sie war ganz schwarz und violett, sie war gerade geboren, als man sie auf mich legte. Ich hätte sie wie eine Katze, wie eine Hündin geleckt, wären da nicht die beobachtenden Ärzte gewesen. Gestern weinte sie. Die letzte Seerose. Unglaublich bis ins Unerträgliche Deine Abwesenheit Aber ich empfinde sie als notwendig während der ganzen Reise zurück war die Versuchung auf Dich zuzugehen derart stark Aber unmöglich Dir entgegenzugehen nur um die Gewalt des Unmöglichen zu erzeugen und zu erleiden. Léonore war in La Grande-Motte bei meiner Mutter. Marie hat mir von der Katze erzählt, Yassou, ich habe angefangen zu weinen, Léonore, meine Katze meine eigene. Sie hat mich gebeten, zu kommen, mit ihr Fahrrad zu fahren, zu Mittag zu essen, spazierenzugehen, weil sie traurig war. Sie sollte danach sowieso mit ihrer Großmutter zum Strand, wir würden also früh zurück sein. Morgen Sonntag mit Dir ein Sonntag für uns ein Leben für uns ein Buch für uns Ich liebe Dich. Ich habe angerufen, sie war so glücklich. Wir sind spazierengefahren. Marie hat das Fahrrad von André genommen, ich das meiner Mutter, Léonore hatte ihr kleines rosafarbenes Fahrrad, wir machten uns auf, um am Ufer des Teiches spazierenzufahren. Es war heiß, wir sind in den Pinienwald hinein. Es war schwierig zu fahren, der Sand, die Piniennadeln. Wir haben uns entschlossen, die Räder abzustellen. Mit Baya den Golf entlang zu laufen. Baya natürlich. Wir drei, und Pitou mein Herz. Ein Herr in einem Jaguar hat uns über die begehbaren Wege aufgeklärt. Léonore hat protestiert, sie kennt sich aus, sie hätte uns das auch sagen können. Man hat das Recht dort spazierenzugehen, es gibt zwar Autos, aber nur von Zeit zu Zeit. Wir fühlten uns wohl. Ich habe Léonore kurz auf meine Schultern genommen, sie ist groß, inzwischen zu schwer. Wir sind tiefer in den Wald eingedrungen. Wir haben uns hingelegt. Wir fühlten uns wohl. Wir sind wieder los. Wir haben uns auf den Rückweg gemacht. Léonore hat mich gefragt, ob wir vielleicht auf die Île de Ré fahren könnten, diesen Sommer, zusammen mit Baya, um beide Geburtstage gemeinsam zu feiern, weil ja auch Baya wie sie am 9. Juli geboren wurde. Daraufhin hat sie mir ins Ohr geflüstert »komisch, daß Marie-Christine homosexuell ist«. Das Resultat meiner Dummheiten, ich habe mit ihr über Sachen geredet, die ihrem Alter nicht entsprechen, Worte, dachte ich mir, sind weniger schlimm, die Perversität wandert von einer Generation zur nächsten. Wir sind in ein Restaurant gegangen. Dann war es Zeit, sich zu verabschieden. Sie blieb bei meiner Mutter, ich fuhr mit Marie-Christine und Baya im Saab zurück. Sie weinte, wir brauchten eine Stunde um uns zu trennen, immer und immer wieder Abschiedsschmerz, wir haben uns getrennt, sind wieder zurück, haben uns zusammengerissen, sind nochmals zurück, meine Mutter hat sie schließlich zu sich genommen. Den ganzen Nachmittag hat sie angeblich nicht aufgehört zu weinen. Marie-Christine sagte zu mir: ich bin erledigt, ich will schlafen, das ist nicht meine Vorstellung von einem idealen Sonntag. Meine schon, meine kleine Tochter im Pinienwald, das war meine Vorstellung von einem idealen Sonntag. Wir haben uns gestritten. Das ist meine Vorstellung von einem idealen Sonntag. Meine eben nicht. Meine eben schon. Ich war drei Monate lang homosexuell, inzwischen geht es mir etwas besser. Ich werde Schluß machen, das ist eine Frage von Wochen, von Monaten, nicht von Jahren. Baya, Yassou, Muzil, ich kann nicht mehr weiter. Ich war gut gelaunt. Ich bin zu einer Versammlung gegen die Front national gegangen, so bin ich endlich einmal rausgekommen, seit drei Monaten, zum ersten Mal. Ich bin los und habe Léonore von der Schule abgeholt. Wir haben gegessen. Ich habe sie ins Bett gebracht. Ohne Schwierigkeiten. Ein Uhr früh, ich konnte nicht schlafen. Ich habe Tabletten genommen. Ich schlief ein. Sie hatte Ohrenschmerzen, sie hat mich aufgeweckt, ich habe sie angebrüllt. Mein Psychoanalytiker hat zu mir gesagt, es sei nicht schlimm, daß ich mich für Christus hielte. Meine Leser sind meine Erlöser. Die Leser, der Ausleser, die Erlesene. Gold, Léonore, Marie. So einfach ist das. Sich von allem loslösen, no man's land, nicht einmal ein Fetzen Himmel, nicht einmal diesen bewahren, alles, was vom Thema ablenken könnte, sich von jeglichem Hindernis loslösen. Jedes hinterlassene Wort zerreißen. Mein Liebling fünfzehn Uhr fünfzehn Ich liebe Dich. Ich hätte ständig in ihrer Nähe leben wollen. Léonore weinte, als ich sie in der Schule zurückgelassen hatte. Wir, Marie und ich, haben uns gestern am Telefon gestritten. Sie hat zu mir gesagt »beruhige dich, ich rufe dich zurück«, ich habe ausgestöpselt. Ich habe mich schlafengelegt, Léonore hatte Albträume, sie stöhnte im Schlaf. Ich bin mehrmals aufgestanden, um sie zu streicheln. Es ging nicht vorüber, es fing immer wieder an, ich mußte mehrmals aufstehen. Und endlich wundersamerweise habe ich ihr ganz zart ins Ohr geflüstert »Mama liebt dich, Mama ist bei dir«, das hat sie beruhigt. Vor dem Streit hatte mir Marie-Christine gesagt, daß ihr »No man's land« sehr wohl bewußt war. Daraufhin eskalierte es. Die bayerischen Behörden empfahlen, infizierten Personen ein blaues Zeichen auf den Hintern zu tätowieren. Ich hatte bei dem Dichter immer entsprechende Vorsichtsmaßnahmen ergriffen, selbst wo er mich doch gebeten hatte, ihn wie eine Hündin zu behandeln, und ich mich seiner wie eines Godemiché für Jules bedient hatte. Ich hatte nur einen sehr merkwürdigen Schweiß aus unseren drei Körpern aufsteigen gespürt. Ich zog mich zurück, um nicht im Mund des Dichters zu kommen, weil einen Schwanz zu lutschen diesen kleinen Hetero am meisten erregte, der darüber jammerte, daß Mädchen nicht lutschen, er wollte wie eine Hure genommen werden durch ein Substitut oder durch umgekehrte Projektion. Als ob er es bedauerte, schrieb er mir zum Schluß »den Untersuchungen zufolge habe ich kein Aids«. Er dachte immer nur an Selbstmord oder Ruhm dieser junge Mann. Mein Liebling Ich habe überhaupt keine Lust dazu Dich diesen Brief lesen zu lassen geschrieben in einem Moment voller Traurigkeit und vollkommenem Vertrauensverlust Schau mich nie mehr an. So begann der Brief. Wir haben weiterhin über Homosexualität gesprochen, es eskalierte. Es kommt nicht in Frage, daß ich für den Abend, den sie am Samstag bei sich organisiert, Freunde einlade. Sie hat geschworen, mich vor aller Welt auf den Mund zu küssen. Sagt aber zugleich, daß es keine gemeinsame Zukunft gibt für uns, zieht mich fortwährend in den Schmutz, wo ich doch unberührbar bin, und will mich ständig einer Kaste zuordnen. Ich war eine und ich hätte eine bleiben wollen, glaube ich. Ich werde wieder eine werden. Eines Tages, während eines Interviews, »sind Sie eine Unberührbare?«, ich hatte sofort Ja geantwortet. In Indien haben sie kein Recht auf nichts, keinen einzigen Besitz, niemand darf mit ihnen etwas zu tun haben. Ich habe sie gerade angerufen. Gestern abend hatte ich ausgestöpselt, heute morgen war ich weg. Immer häufiger stöpsle ich jetzt aus, lasse ich den Anrufbeantworter laufen, bin ich nicht da, wenn sie anruft, bin ich draußen, bin ich mit anderen zusammen. Ich höre mir die Nachrichten an. Sie ist am Boden zerstört, glaube ich. Dennoch habe ich sie im Krankenhaus angerufen. Sie will mir ein Fahrrad schenken, wünscht sich, daß wir das heute nachmittag erledigen. Immer diese Vorschläge, nein. Du bist nicht dazu verpflichtet. Doch, ich habe es dir ja angeboten. Es wäre nicht das erste Mal, daß du einen Rückzieher machst. Ich werde um drei bei dir sein. Das Rad, du willst es nicht. Ich gebe am Samstag einen Abend für dich, du sagst mir, daß du vielleicht nicht kommen wirst. Ich habe zu ihr gesagt, daß ich mich abgenutzt hätte, daß meine Gefühle nicht mehr die gleichen seien, »weißt du, ich liebe dich jetzt weniger«. Wir haben eine Verabredung um drei. Für zwei Stunden. Ist es wahr, daß du mich jetzt weniger liebst? Ich habe das gesagt, weil ich dich mehr liebe denn je. Ach ja! stimmt, das ist Angot-Logik, stimmt, wie dumm von mir.

Seit zwei Wochen sagte ich jeden Tag »wir machen Schluß«, sie fand eine Methode, weiterzumachen, die mich entwaffnete, ich weinte weiterhin, wir machten weiterhin nicht Schluß. Eines abends, ich hatte wieder angefangen zu telefonieren, da plötzlich »gut, einverstanden, ich glaube, du hast recht, wir werden es niemals schaffen«. Und dieses Mal wollte sie ihre Meinung nicht mehr ändern. Ich wußte nicht mehr, was mit meinem Tag anfangen, geschweige denn mit meinem Leben. Ich wußte nicht mehr, wo mit Léonore spazierengehen. Ich habe geschrieben: Wir haben es nicht gewagt, wir haben es nicht geschafft, uns nackt voreinander zu zeigen. So. Genau so denke ich. Wir hatten es stets eilig, uns wieder anzuziehen. Jetzt ist es soweit. Wir sind zufrieden. Ich habe Angst, daß Dir der Grund meiner Liebe zu Dir mißfällt. Ich liebe Dich, denn Du bist zart, zart, zart. Ich liebe Dich, denn Du wirfst für Deinen Hund Kieselsteine am Strand. Nie habe ich es so sehr geliebt, daß sich jemand um mich kümmert, wie ich es bei Dir liebte. Ich liebe Dich, wie Dich noch nie jemand geliebt hat. Ja, niemand. Entschuldige bitte, ich habe nicht das Recht, so etwas zu sagen. Wahrscheinlich stimmt das nicht. Aber ich gebe zu, oft denke ich so. Du wirst mir sagen, daß Du das alles weißt. Gut, einverstanden, Du für Dich und ich für mich. Jeder für sich und Mist. Ich bin Deiner unwürdig gewesen und Du meiner. Wir haben uns nicht die Mittel an die Hand gegeben, wir bewahren sie für andere auf, oder für uns selbst. Mein Liebling, hilf mir, zu Dir zu gelangen.

Führ mich, nimm meine Hand. Laß uns Schluß machen. Sag mir, daß Du mich liebst, schiff mich ein. Ich hätte Dich niemals allein am Strand spazierengehen lassen dürfen. Das ist alles. Du bist Dir darüber im klaren, nicht wahr, daß es schwierig ist, mein Liebling, mit Dir zusammen zu sein. Du nimmst alles, was Du gibst, auch wieder zurück. Eieiei, was für ein Gerede. Und alles wegen einer Geschichte, die zu Ende geht. Glaubst Du nicht auch, daß wir es hätten besser anstellen können als die anderen? Was für ein Schwächeprotokoll, und wie sehr ich mich dafür verfluche. Und wie sehr ich auch Dich dafür verfluche. Ich liebe Dich. Alles, was ich Dir niemals habe sagen können, und gelingen will es mir immer noch nicht, sind verlorengegangene Dinge. Vielleicht werde ich es Dir viel später einmal sagen. Abends habe ich ihr den Brief am Telefon vorgelesen. Sie hat zu mir gesagt, daß sie nachdenken würde. Sie ist gekommen, um mich vom Bahnhof abzuholen, wir haben von vorne angefangen, es war wunderbar. Dieser Brief erschüttert sie. Sie hat mich gerade angerufen, alles ist in Ordnung, sie liebt mich, sie freut sich darauf, mich zu sehen, heute nachmittag, nein, nein, ich hatte unrecht, mir Sorgen zu machen, es ist ja gar nichts, das Telefon, es war zwar besetzt, das Anklopfzeichen ertönte, aber es muß wohl eine Nachricht des Anrufbeantworters gewesen sein, der sich meldete, sie spielte Tennis, sie kommt soeben zurück, nein, nein, es gibt überhaupt kein Problem, sie freut sich darauf, mich zu sehen, sie beeilt sich, sie hat einen Termin, danach wird sie sofort kommen. Abgesehen von zeitweiligen Ängsten ist alles genau so gewesen, sie studierte die Immobilienanzeigen und telefonierte. Ein Haus hatten wir uns sogar angesehen. Wir hatten die Schnellstraße genommen. Ich hatte einen toten

Hund am Straßenrand liegen sehen. Das Bild wollte nicht verblassen. Ich versuchte es zu vergessen, ich wagte nicht, darüber zu reden. Nach der Besichtigung, wir waren zum Essen eingeladen, hatte ich es gesagt, ich war verpflichtet, es den Leuten zu sagen »es gibt da ein Bild, es gelingt mir nicht, es aus dem Kopf zu bekommen. – Aber was denn? Was denn? – Als wir hierher gefahren sind, lag ein toter Hund am Straßenrand. – Ja, Schnellstraßen, diese ganz besonders«. Das Thema wurde gewechselt. Sie hat zu mir gesagt »wenn du mich gar nicht mehr liebst, sag es mir, denn dann lohnt es sich nicht«. Dennoch ist sie allein auf die Île de Ré gefahren, ohne mich, ihre Cousine zu treffen. Als sie mich angerufen hat, hörte ich aus einem anderen Zimmer die Stimme ihrer Cousine, »Marie-Christine«, in einem Ton, den man anschlägt, wenn einem etwas gehört und man es gerade braucht. Jean, mit dem ich gestern zu Abend gegessen habe, hat zu mir gesagt »es ist verrückt, wie schön Christine klingt, und wie häßlich Marie-Christine«. Sie hat sich davongeschlichen, sie wollte Abstand haben, auf Distanz gehen, sie brauchte eine Pause, weit weg von mir. Ich habe ihr geschrieben. »Marie-Christine, damit die Sache klar ist. Du hast mir gesagt, daß Du mir schreiben wirst, hier hast Du meine Antwort. Ich langweile mich mit Dir, ich amüsiere mich nicht, ich lache nicht, und vor allem, viel schlimmer noch, wir haben nichts gemein. Die Gespräche, die wir führen, interessieren mich nicht. Als Du letztens vom Tennis zurückgekommen bist (Dein Turnier) war Deine Haut   und   . Dennoch ließ ich mich von Dir verführen, Du warst nicht wirklich so, Deine Lebhaftigkeit ist von kurzer Dauer, Du brauchst Flitter, um weiterhin zu glänzen.« Und ich, ich träumte auch noch. Wir würden ein Haus haben. Wir würden gemeinsam darin leben. Léonore wäre da. Pitou mein Herz würde über sie wachen. »Aber vor allem hast Du eine Grausamkeit an Dir. Du schürst den Schmerz, den Du siehst, wahrer Freundschaft bist Du nicht fähig, wahren Trosts, kurz wahrer Liebe. Ich weiß, daß Du mich jetzt, nach diesem Brief, nicht mehr anrufen wirst. Ich werde befreit sein von Deinem Mangel an Liebe.« Gleichzeitig habe ich in meinem Heft für mich notiert: Sie ist nicht schön, , , Hühnerbrust, ich mag es nicht, mit ihr zu reden, ihre Freunde mag ich nicht, usw., die Tiere, sie ist das Schoßhündchen ihrer Cousine, usw., indem man das Klonen von Menschen untersagt, verpflichtet man zur Fortpflanzung, und das ist gut. Das Telefon hat geklingelt. Ich bin nicht drangegangen. Der Anrufbeantworter ist angesprungen. Sie, von der Île de Ré aus. Ich wollte mit dir reden, dich kurz am Telefon haben, bevor du nach Turin aufbrichst. Aber gut. Hör zu ... ich weiß nicht einmal, um wieviel Uhr du abreist. Wenn du meine Nachricht abhörst, versuche mich zurückzurufen. Ansonsten werde ich dich Sonntag abend noch einmal anrufen, wenn du zurück bist. Ich wollte dir sagen, daß ich hoffe, Turin wird gut laufen für dich, ich küsse dich inniglich. »Um ehrlich zu sein, während der letzten beiden Wochen ist mir selbst der Sex mit dir eintönig erschienen. Das Verlangen, Automatismen gehorchend.« Sie selbst hatte gesagt »letztes Wochenende habe ich dich wie einen Automaten empfunden«. Ich habe die Nummer der Île de Ré gewählt. Ich habe es dreimal klingeln lassen und habe wieder aufgelegt. Unmittelbar danach hat es geklingelt. Sie war dran, »hast du meine Nachricht gehört? – Ja, ich bin im Moment zurückgekommen, gerade eben. Ich habe dich zurückgerufen, aber als ich das Ende eurer Nachricht gehört habe, daß also Männer anwesend sind im Hause ›Wir Frauen sind nicht da‹, das Pärchen Nadine und du, da habe ich aufgelegt, zumal wenn ›ich hoffe, Turin wird gut laufen für dich‹ alles ist, was du mir zu sagen hast, dann interessiert es mich eben einfach nicht, mit dir zu reden. – Ich wollte dir sagen, daß ich an dich denke, daß ich hier viele Dinge sehe, die mich an dich erinnern. – In welcher Weise denkst du an mich? – Ich will Zeit verstreichen lassen, ich will dir darauf jetzt nicht antworten, ich werde es dir sagen, wenn ich zurück bin«. Und in diesem Moment hört man die Cousine Nadine, die Schauspielerin, die tragende Stimme, aus der Küche rufen »Marie-Christine ...« Eine Lesbe in der Familie ist sehr praktisch. Geschickt, verfügbar, verschmitzt, keineswegs hochnäsig. »Man ruft nach dir, geh schon.« Wenn wir fünf von mir wären, könnte ich noch mehr machen, das wäre toll, sagt eine Frau aus Austin, Texas, die über das Klonen befragt wurde. Diese Kommentare haben sie aufgeregt, als sie das Manuskript gelesen hat. Es ist einfach, ich weiß. Mich immer an Nebensächlichkeiten klammern, Zusammenhänge herstellen. Seit ich schreibe, hat es immer andere Stimmen gegeben, andere Texte, anderes, einen anderen Blickwinkel, unter dem ich versucht habe mich zu zeigen. Mich und auch anderes, immer. Es ist notwendig, daß ich nun auf mich zähle, das Naheliegendste, das Wirklichste, nichts Besonderes, mit dem Inzest kann ich in mir einfach nichts Besonderes verspüren, der Körper, das Leben, der Ort, an dem ich lebe, die Komödie, die ich mir vorspiele, in meinen Angstschüben, meinen Weinkrämpfen, meinen Anrufen, meiner Intelligenz, usw., all meine Grenzen, genau an meiner Grenze sein, mich daran festklammern, wie an dem Geländer, das zum Anwalt führt. Daß jeder es sehen kann, meine Nichtigkeit, mein Nichts, mein Minimum an Mensch, die allzu kleine Schriftstellerin, die ich bin. Die durch geistreiche Bemerkungen, wie hier zum Beispiel über das Klonen, ein ganz klein wenig cleverer erscheinen möchte, als sie ist. Ich: »Du hast mir nicht gefallen auf deiner Fete. Ich habe nicht mehr so gerne wie früher mir dir getanzt. All das hat sich im Lauf der letzten Wochen zurückentwickelt. Zuvor war meine Begierde echt, fordernd, auf dich gerichtet. Meine Liebe, auch. Ich habe die Schönheit an dir entdeckt, dann hat sie sich verhüllt, ich würde sagen gegen Ende Februar, um dann nie wieder hervorzukommen. In den Vereinigten Staaten haben wir Spaß gehabt und schöne Augenblicke erlebt, aber kein Glück. Nach einigen Monaten sollte sich Glück einstellen. Für eine kurze Zeit habe ich wirklich gehofft, es mit dir zu erleben, es ist nicht möglich, nicht mit dir. Dazu fehlt es wirklich an Liebe. Es fehlt an allem.« Gestern habe ich ihr die Frage gestellt »hättest du es vorgezogen, mich nicht zu kennen?«, sie sagte zu mir, daß das von Mal zu Mal unterschiedlich sei. Wäre es für ein Kind besser, als Klon oder gar nicht geboren zu werden, bald wird es diese Art Stoff in meinen Büchern nicht mehr geben. Hoffentlich. Auch in den Briefen, hoffentlich, nicht mehr. Nur meine Nichtigkeit, und nichts Besonderes sonst. Das klingt ein wenig utopisch. »Das war keine Leidenschaft, das war keine Liebe, das war eine Begegnung, deren Reiz wir ausgeschöpft haben. Eine unbedeutende Leidenschaft, eine unbedeutende Liebe, eine unbedeutende Begegnung, die Not zu verführen, Du hast es getan, das Spiel ist aus. Ich existiere für Dich nicht mehr. Wir träumten, Du hast von der eingetragenen Lebensgemeinschaft gesprochen, Du erinnerst Dich, Du sagtest zu mir ›Du wirst alles erben, was ich besitze, meine Tante wird zu mir sagen ‘du enterbst dein Patenkind’‹. In Turin habe ich jemanden kennengelernt. Wir haben miteinander geschlafen. Ich glaube nicht, daß wir uns wiedersehen werden, aber es hat mich von Dir abgelenkt. Uff!« Zu dem Zeitpunkt, an dem ich den Brief geschrieben habe, war ich noch nicht nach Turin gefahren, ich reiste erst am folgenden Tag ab. Nachdem ich ihn fertig hatte, schrieb ich in mein Notizheft: Kein Wort. Nichts schreiben. Sie nicht anrufen. Keine Nachricht hinterlassen. Standhalten. Sie hatte mir anfangs zwei Sätze von Char zugeschickt. Der erste: Die Luft, die ich stets bereit fühle, den meisten Wesen zu mangeln, (sie war Lungenfachärztin) hat, wenn sie zu dir stößt, Überfülle und funkelnde Muße. Ich lebe mit Dir auf eine wunderbare Weise. Das ist die einzige Chance. Der zweite: Poch auf deine Chance, schnüre dein Glück und geh auf dein Wagnis zu. Dein Anblick, bald sind sie's gewöhnt. Das ist lange her. Das Escale, lange her. New York, lange her. Nachts aufstehen, um tanzen zu gehen, das ist lange her. Kein Wort. Nichts schreiben. Sie nicht anrufen. Keine Nachricht hinterlassen, nichts. Standhalten. Die glücklichen Momente mit ihr sind unglückliche Momente. Sie hat zu mir gesagt »wenn du mich gar nicht mehr liebst, sag es mir, denn dann lohnt es sich nicht«. Ich habe ihr versprochen, es ihr zu sagen und meinte damit wahrscheinlich bald. So gestrichen voll hatte ich die Nase. »Das Essen ist fertig« sagte ihre Mutter, »warte, ich komme, ich bin gleich soweit« antwortete ihr diabeteskranker Vater, der sich gerade spritzte. »Dein Vater, deine Mutter, deine Cousine, alles höchst uninteressant, mein armer

Liebling.« Mit Claude waren die unglücklichen Momente glückliche Momente. Das letzte Mal bei ihr. Ich dachte an Léonore. Ich konnte mich nicht lösen. Ich hatte Léonore versprochen sie auszuführen, um »Zorro« anzusehen, Marie-Christine wollte ihn auch sehen. Marie-Christine Léonore Marie-Christine Léonore Marie-Christine Léonore. Und ich bleibe hängen. Wo doch das Ziel des Lebens einfach ist. Ich habe Claude bei einer Demo kennengelernt. Er wohnte wie ich in Reims, wir kannten uns eigentlich schon über unsere Eltern, die zusammen arbeiteten. Ich habe ihn an der Schulter berührt und gesagt, daß ich es sei. Er drehte sich um, wir haben uns verliebt. Die Liebe. Gestern sagte ich zu jemandem »ich bin nicht mehr verliebt«. Wir haben uns oft zum Kino verabredet. Er kam wegen seiner Arbeit immer zu spät. Ich besetzte grundsätzlich zwei Plätze und gab ihm Zeichen, wenn ich ihn im Dunkeln kommen hörte. Nachher sind wir meist in ein Café gegangen und haben Crêpes gegessen, weil alles andere schon geschlossen hatte. Er trug stets einen blauen Anorak. Stets brachte er mich nach Hause. Manchmal kam er mit hoch. Er wußte nicht, wie man es anstellt. Eines Tages, als er gerade gehen wollte, kam er sehr nah an mich heran und sagte »ich liebe dich«. Ich habe ihm gesagt »das darf man nicht aussprechen«. Er ist geblieben. Er hat bei mir geschlafen, er kriegte zunächst keinen hoch, aber dann. Und dann ist er gar nicht mehr weg. Er hat Stück für Stück seine Sachen angeschleppt. Ein Jahr darauf sind wir gemeinsam in eine größere Wohnung gezogen. Sie gehörte seinen Eltern, erster Fehler. Vielleicht nicht einmal der erste. Jedesmal, wenn ich die Fensterläden öffnete, sah mich seine Mutter. Sie selbst wohnten auch dort, gegenüber. Das Zerwürfnis kündigte sich an (das Zerwürfnis mit ihnen). Ich habe meine Psychoanalyse begonnen, ich habe angefangen zu schreiben, wir hatten geheiratet. Meine Mutter bereitete uns kleine Mahlzeiten zu, um uns zu unterstützen. Wir waren jung, um die fünfundzwanzig. Ich beendete meine Psychoanalyse, ich ging für ein Studienjahr nach Brügge, wir waren voneinander getrennt. Wir hatten vor, uns scheiden zu lassen. Schade. Ich bin aus Brügge weg, ich schrieb, ich wollte nach Nizza. Wir wären getrennt, aber ich wollte in der Nähe sein. Wir wären getrennt, aber ich liebte ihn. Und dann das mit meinem Vater. Es hat sich geregelt, wir begannen glücklich zu sein. Wirklich glücklich zu sein. Überall nannte man uns die Verliebten. Er fragte mich »wie lange, glaubst du, wird man uns noch die Verliebten nennen?« Bis zu welchem Alter? Rue Bosio, Rue Blacas, die Verliebten. In Montpellier nicht mehr. Ich erinnere mich nicht, daß man uns da die Verliebten nannte. Wir sind nach Montpellier gezogen. Erst in die Citadines, dann haben wir eine Wohnung gefunden. Wo ich auch zur Zeit lebe. Wir haben sechs Monate in Italien verbracht, sechs Monate Paradies, sechs Monate Eden. Léonore vom zwölften bis zum achtzehnten Monat. Anfang Januar 1994 sind wir zurückgekehrt. Irgend etwas lief damals falsch, ich bin mir dessen nicht bewußt gewesen. Die Zeit verging. Léonore wuchs heran. Kindertagesstätte, Kinderkrippe, Kindergarten. Nächstes Jahr kommt sie in die Grundschule, mit geschiedenen Eltern. Claude ist vor einem Jahr ausgezogen. Im April. Im September habe ich Marie-Christine getroffen. Léonore Marie-Christine Léonore Marie-Christine. Ich suche Hilfe für Léonore, gestern habe ich einen Psychologen aufgesucht. Er hat mich behandelt, als ob ich sie jahrelang geschlagen hätte, als ob ich die blauen Flecken erst jetzt bemerken würde, als ob damit Schluß sein müsse. »Sie ist Ihre Tochter, sie liebt Sie« ... will meinen »ganz gleichgültig, was Sie auch machen. Sagen.« Wir, die den Inzest erlebt haben, Aids erlebt haben, usw., wie Sozialfälle werden wir behandelt! Oder aber man unterstützt uns, genau so werden wir behandelt. Ich habe Marie-Christine angerufen, damit sie mich besucht. Sie hatte keine Lust, so spät noch das Auto herauszuholen. Ich habe Claude angerufen, er kam und hat hier übernachtet, ich habe haufenweise Tabletten geschluckt, ich bin groggy. Ich habe Claude gefragt, was er von dem Titel »No man's land« halten würde. Seiner Meinung nach muß man dafür Anglistin sein. Am Nachmittag hat eine Freundin zu mir gesagt, wir redeten über Marie-Christine, »sie sieht etwas bedrückt aus. – Nein, ganz im Gegenteil, sie ist sehr ausgelassen, sehr lustig, sehr heiter«. Drei Monate lang war ich homosexuell, und ein wenig länger, zwei Wochen, wir hatten mehr oder weniger wieder angefangen. Aber ich mache jetzt Schluß, hier und jetzt. Ich gehe in Rente. Eines Tages werde ich Oma sein und das wird super sein.

Dieses Buch, Marie-Christine wird es genausowenig lesen wie Claude. »Es zerstört« angeblich »soviel«. Auch »Sujet Angot« hat Claude nicht gelesen. In meinem Bekanntenkreis liest man nicht mehr. Ich bin in Wirklichkeit Inderin, aus der Kaste der Unberührbaren. Ich berühre den Abschaum, und normalerweise die Toten. Die Unberührbaren berühren in Indien die Toten. Ich hingegen nur den Abschaum. Niemand will ihn mit mir berühren. Ich bleibe mit meinem Manuskript allein, seit Monaten, Monaten, Monat für Monat. Selbst nach Erscheinen wollen diejenigen, die mich lieben, es nicht lesen, »es zerstört« angeblich »soviel«. Infolge des Artikels »Christine Angots treffende Sprache« (»Le Monde« vom 24. September 1998), hat mir der Kulturminister die Auszeichnung »Les Arts et Lettres« angetragen, reine Dekoration. Die Kunst und die Literatur, die Literatur bekommt kunstvolle Risse, ich wollte, daß sie standhält, und als ich dieses »No man's land« schrieb, war mir den ganzen Tag über schwindelig. Und natürlich weiß ich, was Sie denken: Sie behaupten, schreiben bedeute den Abschaum zu berühren, behaupten, daß Sie eine Unberührbare seien, eine Inderin, und dennoch hat es was ultracooles, dennoch kann man sich damit schmücken. Schriftstellerin zu sein ist dennoch ein Art Schmuck. Als ich klein war, umschlang ich mit meinen Armen den Hals meiner Mutter, sie sagte zu mir »das ist meine traumhaft-schönste Kette«. Von wegen Traumkette, Schaumkette, Abschaumkette. Als ich klein war, gab es diese Redensart für einen vergoldeten Armreif, »ein Traum aus Gold!« Wenn nicht, sagte man »nein, Falschgold, deine Träume sind Schäume!«, ich weiß nicht, ob Sie das kennen. Das zeigt jedenfalls, was mein Vater aus mir und meiner Mutter gemacht hat, aus unserer Beziehung, die sehr schön war, bevor wir uns kennenlernten. Sie hatte überhaupt nichts Abschaumhaftes, im Gegenteil. Als Léonore geboren wurde, habe ich das alles vorausgeahnt. Daß zwei Frauen Abschaum sind, der sich abzeichnet. Das ist auch der Grund, warum ich sie Léonore nannte, ich wollte sichergehen. Mein Gold, *mon or, mon amour, mon or. Lé-o-nore. Nonor, mon amour en or*. Um sicher zu sein. Um sicher zu sein; sicher, sicher, sicher zu sein. Daß es sich nicht um einen Armreif aus Falschgold handelt, an dem man nur mit der Nagelspitze zu kratzen bräuchte, und was wie Gold aussieht, würde weichen wie Butter einem Finger nachgibt. »Nein, Falschgold« müßte man korrigieren. Stecken Sie Ihre Finger hinein, wie in einen Klumpen Butter. »Dring in die Tastatur ein wie in einen Klumpen Butter« sagte ihr Klavierlehrer in Duchâble, als Jugendlichen hatte ihn dieses Bild selbst noch angeekelt. Léonore und ich wären reinstes Gold. Ich würde sie in ihrem Kinderwagen in Montpellier im Jardin du Peyrou spazierenfahren. Mme. Gasiglia, die Kinderärztin, mit *e* oder ohne *e*. Was glauben Sie? Mit *e*, es ist ja ein Mädchen. Dieses Jahr zu Weihnachten wird Marie-Christine nach Peru reisen, zu Freunden, die eine Mine besitzen, allerdings Kupfer. Letztes Jahr zu Weihnachten hat sie mir den Trinity-Ring von Cartier geschenkt. An einem der Streittage habe ich ihn auf den Boden geworfen und beinahe auch in den Lez, einen Fluß. Was ich zu Weihnachten machen werde, weiß ich noch nicht. Sie, sie wird nach Lima reisen, dann die Andenkordilleren, mit Allradantrieb, Pferden, Chauffeuren und Freunden. Sie wird die Kupferminen durchfahren und fünftausend Meter hohe Pässe überqueren. Mit Serpentinen. Unter den Freunden werden Nadine Casta, NC, oder Gisela Orjeda, GO, sein, wie gerne wollte ich auch, anstatt dazu verpflichtet zu sein, viel zu jung in Rente zu gehen. Aber ich werde Oma sein, eines Tages, und das wird super sein. Und falls die Enkeltochter ein Mädchen wird, kann Léonore sie nennen wie sie will, alles, was sie berührt, wird zu Gold. Vielleicht bin ich dann »Commandeur des Arts et Lettres«.

WEIHNACHTEN

Nach der Homosexualität kam der Wahnsinn, Weihnachten hat mich verrückt gemacht, wir hatten wieder angefangen. Ihre Peru-Pläne hatte sie verworfen. Wir wollten nach Rom fahren, Weihnachten verbrachte sie wie immer mit ihrer Cousine im Kreis der Familie. Danach wollten wir nach Rom fahren. Ich kann nicht sagen: Drei Monate lang war ich verrückt. Drei Monate lang glaubte ich, dazu verurteilt zu sein. Das geht schon viel länger so. Oder aber es sind die anderen, die verrückt sind. Und es ist Wahnsinn, das zu sagen. Ich weiß nicht mehr, was zu tun bleibt, ich weiß nicht mehr, was zu sagen ist. Ich werde einfach diese Anekdote erzählen, ich bin nicht Nietzsche, ich bin nicht Nijinski, ich bin nicht Artaud, ich bin nicht Genet, ich bin Christine Angot, ich habe die Mittel, die ich habe, und damit basta. Es wird eine Anekdote werden, basta, die Beschreibung eines Auslösers, es wird Weihnachten sein, es wird beschreibend sein. Mein Wahnsinn wird anhand eines Auslösers beschrieben. Ich war mir dessen bis zur vorhergehenden Seite kaum bewußt. Es war schlimmer.

Zunächst die Anzeichen, die Symptome. Die Selbstentfremdung, die von einem Besitz ergreift, das bin nicht länger ich. Ursachen, die ins Auge springen, unverzüglich zu orten. Wir haben den 28. November 1998. Dieses Mal darf ich nichts durcheinanderbringen. Die Art von Beziehung, wie ich sie bisher zwischen allem hergestellt habe, zwischen allem und nichts, will ich beenden. Klonen, Viagra, Baya, Yassou, Muzil, dieser arme Guibert, tot, ich lasse das. Ich beschränke mich auf meine eigenen kleinen Angelegenheiten, meine kleinen Belanglosigkeiten, Weihnachten, Nadine Casta, Marie-Christine Adrey. Ohne Umfassenderes und Universelles miteinzubeziehen. Es ist an der Zeit sich zu beruhigen, zu versuchen, das zu sein, was man ist, sprich nichts Besonderes. Alles einigermaßen in eine Ordnung fügen, allein das, allein das wäre nicht schlecht. Alles wird von da an in einer vernünftigen Ordnung stehen, und eines Tages vielleicht auch in einer glücklichen. Und dann werde ich versuchen höflich zu sein.

Endlich einmal präzise, logisch und klar. Es wird daraufhin vielleicht besser gehen. Ich leide an Paranoia, glaube ich, außerdem deliriere ich, glaube ich. Ich habe Bücher für die Definitionen bestellt, man hat mir welche ausgeliehen. Ich bin nicht dabei verrückt zu werden, ich bin verrückt geworden, ich bin es, verrückt.

Anzeichen, Symptome, Ursachen unverzüglich zu erkennen, Auslöser, tiefgreifende Ursachen, konkrete Manifestationen, und Wortspiele, verrückt sein, das heißt ein homosexueller Mensch, eine Verrückte, die sich ihre Handgelenke verrenkt, verdreht, umdreht (ich mache das häufig, ich komme später darauf zurück). Ich will ein Minimum an Ordnung, vielleicht sogar Fußnoten unten auf der Seite, einen kritischen Apparat, mit allen mir zur Verfügung stehenden Büchern.

Es liegen Zeugenaussagen vor, viele Leute sagen es mir, ich erfinde das nicht. Es gibt Zeugen, Leute, die mich gesehen haben. Heute morgen bin ich beim Aufwachen selbst Zeuge davon geworden, wir haben heute Samstag, morgen Sonntag, übermorgen Montag, ich frage Moufid Zériahen, Mediziner, Psychoanalytiker, ob er mir für eine Zeit einen Platz in seiner Klinik bereitstellen kann. Ich bin heute morgen aufgewacht (sehr zeitig, auf jeden Fall habe ich kaum geschlafen, Schlaflosigkeit zählt sicherlich mit zu den Anzeichen), ich habe es mir ganz deutlich gesagt. Ich weiß nicht für wie lange, ich weiß nur, daß. Meine Reaktionen sind gestört. Die Klinik nennt sich L'Alironde, sie liegt etwas außerhalb von Montpellier. (Der Sohn einer Freundin ist dort, manisch-depressiv. Er hat gerade seinen Rentenantrag eingereicht, man kann so nicht arbeiten, wirklich nicht.) Man kann seine eigene Einlieferung beantragen, Walser hat das übrigens getan, aber ich werde es nicht aus diesem Grund tun, sondern weil ich fühle, daß ich nicht mehr kann. Ich stoße an die Grenze, mit der mentalen Struktur, die ich besitze, *inzestuös*, ich bringe alles durcheinander, das hat seine Vorteile, die Verbindungen, die die anderen nicht herstellen, aber zuviel ist zuviel, wie man so sagt, das ist die Grenze. Ich bringe alles durcheinander, ich gehe zu weit, ich zerstöre alles. Ich habe heute morgen Claude angerufen, um ihm zu sagen, daß ich gerne für eine Zeit in die Klinik gehen möchte und auch warum, er hat zu mir gesagt »es ist gut, daß du klar denken kannst«. Ja, ich kann klar denken, ich werden Ihnen alles erklären, alles, alles, alles.

Claude hat noch etwas anderes zu mir gesagt, als ich ihn zurückgerufen habe, um diese beiden Seiten vorzulesen: »außerdem ist es frivol und impertinent«. Nein, ganz sicher nicht. Es ist ganz sicher nicht frivol und impertinent. Es ist ganz sicher kein Spiel. Ich verkaufe Sie ganz sicher nicht für dumm. Ich bin wirklich heute morgen mit dem Gedanken an die Klinik aufgewacht, ich bin paranoid und ich deliriere. Ich bin in Gefahr. Das ist nicht frivol und impertinent. Ich kann seriös sein. Ich kann erklären. Versuchen, ich weiß nicht, ob es mir gelingen wird, es ist kompliziert, vor allem für mich, da ich ja verrückt bin, folgerichtig wird es mir schwerfallen. Durcheinanderbringen, ich tendiere dazu, im ersten Teil haben Sie das bemerkt. Überhaupt keine Ordnung, alles ist durcheinandergebracht, meine mentale Struktur ist inzestuös, ich stoße an die Grenze, ich meine es ernst, ich fühle das. Um zwei Uhr morgens am Telefon brüllen, jemanden beschuldigen, den man nicht kennt, kaum kennt, der einem nichts getan hat, nichts Schlimmes, der aber spricht wie andere vor langer Zeit, ich habe sie durch den Schmutz gezogen, ich habe gesagt, daß das schlimmer sei als ein Haufen Scheiße, wo ich sie doch nicht einmal kenne und sie mir völlig egal ist. Ich spiele mir selbst eine Komödie vor. Stopp. Bis gerade eben habe ich ihn vorgeführt, meinen Wahnsinn, ich habe sie ausgestellt, meine debile mentale Welt. Es ist drei Jahre her, daß Laclave es ausgesprochen hat »ihre mentale Welt, ein morbides Gefängnis«. Seit Mittwoch, und gestern abend in gesteigertem Maße, habe ich die Grenze erreicht. Seitdem gab es nur noch permanentes Gebrüll, ich gab mir Ohrfeigen, ich schlug mich selbst, ich war wütend, ich war ganz allein zu Hause, wenn Marie-Christine bei mir gewesen wäre, hätte ich sie töten können, wäre es Nadine Casta gewesen, hätte ich es getan. Nachts schlief ich auf dem Boden. Die Serientelefonate aus dem ersten Teil haben wieder begonnen, ohne daß ich mir sofort darüber im klaren war, daß es sich um das Werk eines verrückten Verstandes handelt. Oh! ich weiß schon, wieso.

Ich verbinde, was man nicht verbinden kann, ich füge zusammen, was sich nicht zusammenfügen läßt. Hund-Kind, Inzest-Homosexualität oder Aids, Cousine-Pärchen, blondblöde, Kohle-Haß, Filmstar-Hündin, Léonore-Gold, Massengrab-Goldgrube, Holocaust-Ghetto, Arbeiter-Schwarz, usw., usw., und außerdem zeige ich ständig Gegensätze auf, zum Beispiel: Eustache ist besser als Nadine Casta, Dominique Quentin ist ebenfalls besser als NC, ich fokussiere. Frédéric hat recht, sie ist die Cousine von Nadine, sie hätte auch die Cousine von Le Pen sein können. Er hat recht, aber es hat mich blockiert. Es müßte ein Ausweg aus der Blockade gefunden werden, aus allem.

Gewöhnlich habe ich eine eher abweichende Interpunktion. Ich interpunktiere meine Sätze auf ungewöhnliche Weise, ich werde mich bemühen, es sein zu lassen. Meine Interpunktion wird ausschließlich zum Ziel haben, Klarheit zu schaffen, damit sich die Leute zurechtfinden können. Die Klarheit der Worte. Auf daß meine Worte klar sind, verstanden. Ein wenig langweilig vielleicht, aber diesmal geordnet. Ich werde beispielsweise nicht mehr schreiben »ich habe sie geleckt, ich, diese Mutter, deren Kind eine Hündin ist«, ich werde so etwas nicht mehr schreiben, was bringt das denn? Außer, daß man am Ende allein ist. Wir sind jetzt definitiv voneinander getrennt, jetzt wirklich definitiv. Ich werde nicht mehr schreiben, Nadine Casta, NC, *haine c'est*, Haß ist das, das ist der Haß. Das auch nicht mehr.

Wie ich durch einen einfachen Auslöser zu Weihnachten verrückt geworden bin. Ein kurzfristiger Wahnsinn von drei

Tagen. Früher hätte ich geschrieben: Ein kurzfristiger Wahnsinn, drei Tage. Meine Interpunktion, ich muß mich von ihr lösen, muß eine geläufigere annehmen, eine natürlichere, damit die Leute sich weniger anstrengen müssen, das ist lächerlich, das war lächerlich. Insbesondere wo Komma, *virgule*, etymologisch auf *petite verge*, kleines Glied verweist. Das habe ich soeben erfahren, ich habe mit Laurent Goumarre und zwei mit ihm befreundeten Psychoanalytikern gegessen. Ich schweife ab, ich war beim Auslöser. Beim kurzfristigen Wahnsinn von drei Tagen. Anfallartig. Was nicht bedeutet, daß ich nicht tiefgründig und völlig, vollkommen verrückt geworden bin, nein, ich bin wirklich verrückt. Der Auslöser. Welcher Art ist der Auslöser, der, seien wir präzise, Mittwoch, Mittwoch mittag, losging, und mich heute morgen, nach einer Nacht, in der ich gezittert habe, gezittert, wirklich gezittert, am ganzen Körper, obwohl ich meine Dosis Tabletten intus hatte, zu der Entscheidung brachte, Moufid Zériahen zu bitten, mich für eine Zeit in der Klinik aufzunehmen.

Der Auslöser

25. November, ein Monat, Tag für Tag, vor Weihnachten. Seit Jahren verbringt Marie-Christine Weihnachten in Paris bei Nadine Casta, ihrer Schauspiel-Cousine. Im Schoß ihrer Familie. Das ist »ein Ritual« und es ist »uralt«, es geht um »die Familie« und außerdem ist es »ein einziger Tag im Jahr«.

Rückblende: 15. November, wir treffen uns bei Frédéric. Wir freuen uns, uns zu sehen, das ist offensichtlich. Ein sehr angenehmer Abend, bis auf zwei Mißtöne, nicht besonders schlimm, das Leben ist voll davon. Das Gespräch kommt auf »Chambord« von Nadine Casta, mit Decourt, Dupont, Durand.

Kurzum, unwichtig. Ich muß die Filme ihrer Cousine nicht unbedingt mögen. Wie Frédéric sagt, sie hätte die Cousine von Le Pen sein können. Le Pen ist wenigstens kein Künstler. Ich deliriere, ich nehme es zurück, ich lasse es, damit man sehen kann, wo ich stehe. Zweiter Mißton im Laufe des Abendessens, das Thema Weihnachten kommt zur Sprache. Zweiter Schlag ins Gesicht. Es blieb ein sehr schöner Abend, das Bedürfnis, unter uns zu sein, war groß. Wir rufen ein Taxi, kaum daß wir Platz genommen haben, fangen wir an. Im Hotel angelangt, sind wir weit davon entfernt, miteinander zu schlafen, wir hassen uns, wir legen uns schlafen, ich weine. Ich weine, ich weine, ich kann nicht mehr atmen, mir geht es sehr sehr schlecht, Angst steigt immer stärker in mir auf. Es ist furchtbar. Wegen Weihnachten. Ich spiele mir selbst eine Komödie vor, einverstanden, vielleicht, wahrscheinlich. Ich bitte sie, bei ihrer Cousine zu übernachten, es war ein Fehler, sich wiederzusehen, getrennt ging es uns besser. Es ist zu spät, aber sie ist bereit, ein anderes Zimmer zu nehmen, sie ruft die Rezeption an, ich halte sie im letzten Augenblick zurück, sie läßt es zu. Sie legt sich wieder schlafen. Meine Angst wird größer und größer. Ich stehe vom Bett auf, ich knie mich hin, ich ringe nach Atem, bin wie gelähmt, ich schnappe nach Luft (eine Komödie, das heißt nicht, daß man nicht leidet) ich beleidige sie, beleidige ihre Cousine, wie jede gute Homosexuelle ist sie der Lakai der Familie, stets zur Verfügung, zu Diensten der wahren Frau. Sie hat sich wegen Weihnachten überhaupt keine Sorgen um mich gemacht, behauptet aber dennoch, mich zu lieben. Als Retourkutsche kriege ich alles mögliche zu hören, kurz: Armes Mädchen, du redest Schwachsinn, du bringst alles durcheinander. Armes Mädchen, das ist der Schimpf-Auslöser: Ich habe gebrüllt, das ganze Hotel hat es gehört, glaube ich. Ich habe sie brutal auf den Kopf geschlagen, und zwar ausdauernd. Sie wiederum hat mich seitlich am Kopf geschlagen, an der Schläfe, mit den Fingernägeln das Augenlied zerkratzt, und das Ohr. Ich hatte einen Bluterguß, ich habe ihn noch immer, ich habe Kratzer am Auge.

Zurück in Montpellier, rufe ich sie an, Angst steigt in mir auf, mehrere Anrufe und ebenso häufiges Auflegen, ich sage ihr, daß es schön gewesen wäre, wenn wir gemeinsam ein nettes Weihnachtsfest hätten vorbereiten können, sie und ich, für Léonore, ihre Mutter, meine Mutter, André und natürlich Frédéric. Am 24., Claude hätte Léonore am 25. zu sich genommen, wir hätten alles ruhig angehen lassen, wir hätten einen geruhsamen Tag verbracht, wären ins Kino gegangen oder hätten Siesta gehalten. Unmöglich, Begriffe wie Familie, Patenkind, Verpflichtungen gegenüber Leuten, die schon immer dagewesen sind, nur, weil ich jetzt plötzlich da bin, wird sich daran nichts ändern, unmöglich, daß sich daran etwas ändern wird, was auch immer es sei. Alles ist normal, alles wird als völlig normal angesehen. Ich bin es, die hier deliriert. Ich muß mich nur umschauen. Sie sprach vor einigen Tagen, eher Wochen, von einer eingetragenen Lebensgemeinschaft, ich rufe mir das ins Gedächtnis zurück. Das muß in Erinnerung bleiben, diese Verschiebung. Ich weine, ich werde mich schlafen legen, ich will sie nicht mehr sehen, ich sage mir, daß ich sie nicht mehr sehen will, ich stöpsle das Telefon aus. Am nächsten Tag die Nachricht, »melde dich bei mir, bitte, melde dich bei mir« mit einer sehr freundlichen Stimme, »es ist elf Uhr zwanzig, melde dich bei mir«. Sie ruft mich wieder an, sie will Weihnachten unbedingt mit mir verbringen, sie wird das Äußerste dafür tun, alles was in ihrer Macht steht, damit es klappt. Sie hofft, daß daraus kein Drama gemacht wird, wenn sich daraus Konflikte ergeben sollten, wird sie doch nach Paris fahren. Genau das sagt sie zu mir. Ich bin glücklich, ich kaufe mir die »Marie-Claire«, Weihnachts-Spezial. Ich sage es meiner Mutter, ich sage es Frédéric, ich sage es Léonore noch nicht, »man weiß ja nie, Vorsicht ist besser als Nachsicht«. Aber ich glaube daran, Marie-Christine ist glücklich, unser erstes gemeinsames Weihnachtsfest. Das ist sehr bedeutsam. Sie ruft ihre Tante an »ich kann Mama doch nicht nach Paris schleppen«. Die Tante zeigt Verständnis. Marie-Christine, ganz und gar zufrieden, ist pfiffig gewesen, sie hat zu ihr gesagt »Patentante, ich möchte dich gerne um einen Rat fragen«, besonders stolz auf ihre gelungene Eröffnung, es hatte geklappt, sie fand sich sehr clever, soso. Der schwierigste Brocken, Nadine, war noch immer in Acapulco, sie hat sie am Mittwoch angerufen, das Gespräch ist miserabel verlaufen, Nadine hat geweint, es werden wahrscheinlich fünfundzwanzig Leute sein, aber sie will unter allen Umständen Marie-Christine dabei haben, um diesem Fest ein wenig Leichtigkeit zu verleihen. Alle brauchen sie, es ist unmöglich, sie muß kommen. Fünfundzwanzig Leute, darunter auch sie. Es ist unmöglich, du mußt kommen. Sie weint. Und sie kriegt sie rum, dreht die, die ich bereit war zu lieben, um wie einen Crêpe. Die mich anruft, mir die Neuigkeit am Mittwoch gegen Mittag mitteilt. Es verschlägt mir den Atem, ich sage, daß ich Schluß mit ihr mache, ich kann nicht mehr, das ist zuviel, zuviel ist zuviel. Sie hätte zumindest bis morgen warten können, bis ich meine Lesung im CRL gehalten habe. Wie soll ich das hinkriegen?

Der Tag der Lesung im CRL

26. November, die Lesung ist angekündigt, und sie muß gut werden. Der 27. wird ebenso düster sein, die Nacht vom 27. auf den 28. furchtbar.

Aber der 26.: Um achtzehn Uhr dreißig habe ich die Lesung, es muß gut werden. Ein Tag voller Symptome.

Atmung: Nach Luft schnappend. Mir hat es den Atem verschlagen. Laut. Ein völlig verzweifeltes Nach-Luft-Schnappen. Die Angst ist heftig. Es sitzt tief, man kann das spüren.

Schlaflosigkeit: Ich nehme Tabletten, schlafe aber nicht. Selbst wenn es heiß ist, friere ich unter der Bettdecke, ich zittere, ich habe blau angelaufene Finger, meine Knie schlagen gegeneinander. Meine Lippen sind trocken, dunkelblau.

Mein Gesicht: Gezeichnet von Müdigkeit und Schlafmangel, benommen, abwesende Augen, jemand, der im Wald seine Füße unter den abgestorbenen Blättern des Herbstes nicht sieht. Abwesende und zu Tode erschrockene Augen, an was sich klammern?

Mein ganzer Körper schmerzt, die Gelenke, der Rücken, die Lippen und die Schläfen. Aber vor allem, das Schlimmste von allem, die nächsten fünf Minuten, ich habe das Gefühl, sie werden unerträglich.

Ich weiß nicht, was es ist. Eine Neurose, eine Psychose, mir liegen die Definitionen vor, ich werde nachsehen. Ich muß in die Klinik, vielleicht nicht allzu lange. Ich kann nicht mehr. Ich höre ja nicht auf, es zu wiederholen. Ich sage »ich kann nicht mehr« oder »ich kann das nicht mehr«. Selbst wenn ich allein bin, sage ich mir, ich kann das nicht mehr.

Ich ohrfeige mich, ich habe mich am 26. vor dem Spiegel geohrfeigt. Nicht nur einmal, mehrmals. Wenn jemand da wäre, würde ich ihn töten. Nadine. Es hätte irgend jemand sein können. Jemand, der den Haß verkörpert. Es ist Haß, ich rufe Leute an, ich telefoniere viel, ich bettle (wie bei einem letzten kräftigen Schluck Alkohol, um diese Anrufe, um einen letzten, keine Ahnung), ich suche, ich finde nicht. Niemanden. Angeblich übertreibe ich, ist meine Reaktion übertrieben. Ich finde nicht. Die Leute finden alles normal. Während doch alle außer mir verrückt sind. Wie nennt man das, wenn man so empfindet? Für den Telefonterror, hier die symptomatischste aller Listen:

Ich suche in irgendwelchen Schachteln nach der Telefonnummer meines Vaters, Pierre, in Straßburg, und bei dieser Gelegenheit auch die Nummern meiner Halbschwester, verheiratet mit einem Zahnarzt, und die meines Halbbruders, verheiratet mit einer Marie-Christine. Ich finde nichts, keine einzige. Im Minitel zu suchen habe ich nicht die Kraft, auch nicht, die Auskunft anzurufen. Um eine bestimmte Person zu erreichen müßte man geduldig sein, genau wissen, was man will, ich bin alles andere als das. Ich hätte sie gewählt, wenn ich auf den Schnipsel Papier gestoßen wäre, auf dem sie geschrieben steht. Ich hatte sie nicht in mein Heft schreiben wollen, ihnen diese Ehre nicht zuteil werden lassen wollen, was vielleicht schon an sich ein Zeichen innerlicher Unausgeglichenheit ist. Ich hatte sie in eine Schachtel getan. Für den Fall, daß. Der Fall ist eingetreten. (Wenn ich sie anrufen würde, wenn ich sie wirklich anrufen würde, wenn ich mich jetzt entscheiden würde, sie anzurufen und ihnen vorschlüge, gemeinsam Weihnachten zu verbringen. Warum eigentlich nicht? Ist das eine so abwegige Idee?)

Gegen dreizehn Uhr rufe ich Nadine Casta an, bei ihr zu

Hause, in Paris. In einem Anfall von Wahnsinn. Ich zögere. Ich klappe mein Heft auf, klappe es wieder zu, zögere. Schließlich klappe ich es auf. Ein weiteres Anzeichen taucht auf:

Mir war in meinem Heft ein Übertragungsfehler unterlaufen. Ich hatte die Cs unter A einsortiert. Chatelain, Constant, Casta. AFAA, Attoun, Art-Press, und dann plötzlich Chatelain, Constant, Casta. Casta, das endet mit A, fängt aber nicht mit A an, Angot, das fängt mit A an. Ich habe sie auf die gleiche Seite gesetzt, Angot war nicht dabei. Schon das war ein Anzeichen. Der Verschmelzung von Persönlichkeit, Verbindung, Vermengung, das ist meine mentale Struktur, zwischen Élisabeth Angot, EA, und Nadine Casta, NC. EA, Eine Aufgegebene, nicht sie, sondern ich, NC, das ist der Haß, nicht sie, sondern ich, ich habe das bereits erklärt. Na bitte, wenn das kein Symptom ist! Wie Emmanuel Adely, unter Schriftstellern gibt es Dutzende von EAs.

Ich stelle das Telefon wieder zurück, nehme ein kleines Stück Papier zur Hand und notiere, was ich sagen will, damit es stichhaltig ist, Gebrabbel und sie, die Schauspielerin, die die Sprache beherrscht. Ich bin völlig verheult, habe gerötete Wangen, abwesende Augen, zerwühltes Haar, ich bin verschwitzt und zugleich zittere ich, ich rufe mir das in Erinnerung. Ich habe einen völlig steifen Rücken, so steif, daß es wehtut, es sind vermutlich meine Wirbel, die zittern, der Rücken, immer der Rücken. Der untere Teil meines Rückens. Ich notiere auf einem kleinen Stück karierten Papier: Wir hatten beide Lust, Marie-Christine und ich, gemeinsam in Montpellier Weihnachten zu verbringen. Mit der Empfindung einer aufblühenden Liebesbeziehung, hatten wir gemeinsam Lust, etwas aufzubauen, aus uns heraus und aus keiner anderen Bindung sonst, auch nicht aus einer sehr alten. Die Dinge liegen komplizierter, ich leide. Ihre Entscheidung, nach Paris zu fahren, läßt mich seit Mittwoch leiden, bei eurem Telefonat hast du darauf bestanden, daß sie kommt. Wir werden uns trennen, denn ich kann das nicht ertragen. Es ist nötig, daß du das weißt, und auch daß du weißt, welches Leid daraus entsteht.

Ich rekonstruiere das aus der Erinnerung, inzwischen habe ich das Stück Papier weggeworfen. Ich habe angerufen, das Papier vor meinen abwesenden Augen, damit Nadine es versteht. Ich bin bei der Hausangestellten gelandet (nicht zwei Stunden die Woche, den ganzen Tag über, jeden Tag kümmert sie sich um alles, den Haushalt, die Wäsche, die Einkäufe, das Essen, abends, wenn sie heimkommt, setzt NC sich an den gedeckten Tisch, das Hausmädchen ist da, und für den Rest ist die Sekretärin da, den beruflichen Papierkram, die Tickets für den Zug, das Flugzeug, für die Ferien von NC oder den Kindern, oder etwa die Hotelreservierung im La Mamounia in Marrakesch, im La Gazelle d'or in Taroudant, sie wollte dort ein Fest zu ihrem Fünfzigsten feiern, oder aber in New York im Hotel Pierre, alle wären eingeladen gewesen). Klammer zu, der Leser darf nicht mehr im Stich gelassen werden, so wie vorher. Höflich, korrekt und sich verständlich machen. Frédéric hat mir gesagt, daß der erste Teil wegen der Vermengungen schwierig zu lesen gewesen sei. Schließlich wurde der Geburtstag auf der Île de Ré gefeiert. Wenn diese Anekdote hervorgekramt wird, dann nur, um das bescheidene Ende zu unterstreichen, nach einer Reise um die Welt, findet man sich im Haus auf der Île de Ré wieder, zwei Etagen, mit fünfzehn Zimmern. Im Dorf Ars, mit den immer gleichen Leuten, den

Casadesus, den Wiazemsky, Chouraqui, Chesnais, Baye, etwas weiter weg, in Loye, ein Dorf, weitaus geheimnisvoller, weitaus verschlossener, weitaus einfacher, wie es scheint, tatsächlich aber auch weitaus teurer. »Kaum zu glauben, wie die Immobilienpreise auf der Île de Ré inzwischen steigen«, sagen Marie-Christine und Nadine, im Garten ihres großen Hauses sitzend, das sie gemeinsam erworben haben. Ich rufe an. Chatelain, Constant, Casta auf der Seite A, wie zufällig da, das kleine karierte Papier, ich lande bei der Hausangestellten, »wen darf ich melden?« Furchtbare Frage. Christine.

»Hallo, Nadine. Ich bin's, Christine. Ich will, daß wir miteinander reden.«

»Ja, ich auch. Aber ich bin gerade auf dem Sprung, ich bin zum Mittagessen verabredet, das Taxi wartet unten. Wann kann ich dich zurückrufen?«

Das war vor der Lesung, danach war's mir egal. Egal, geh essen, geh.

»Am späten Nachmittag? Bist du dann da?«

»Nein, ich werde nicht da sein.«

»Und abends?«

»Nein, ich werde nicht da sein.«

»Morgen nachmittag?«

»Morgen nachmittag, ja.«

»Ich rufe dich also morgen nachmittag an, abgemacht.«

»Ja, weil einige Dinge kompliziert sind.«

»Kompliziert, warum?«

»Wir werden darüber reden.«

Ich habe es bereut, angerufen zu haben, sie wollte mich zurückrufen, ich hatte keine Lust darauf. Es war geschehen. Das Unglück war geschehen. Wie man so sagt. Am 26., kurz vor der Lesung in Tränen aufgelöst, hätte ich sie vielleicht gerührt.

Daraufhin Anruf bei Moufid Zériahen. Seit heute morgen zehn Uhr versuche ich ihn zu erreichen. Gestern, Mittwoch, habe ich auch daran gedacht, mich aber zurückgehalten.

Noch ein Vorfall hat sich am Telefon abgespielt, mit Marie-Christine. Abbruch der Beziehung, Schreie, ich habe sie meinen nach Luft schnappenden Atem hören lassen, mein Hecheln und meine heiseren Schreie, bei manchen Sätzen fast ein Röcheln, nur unterbrochen von jähem Aufheulen. Dann bestimmte Worte, Familie, Verpflichtung, Aufgabe, Patenkind, Cousine, schon immer. Wieder begann eine Riesenkrise. Sie schürte das Feuer erneut. Die Hörer wurden aufgeknallt, danach »es ist aus«, »auf Wiedersehen«, »ja, also dann bis die Tage«. Man kennt das. Ich interpunktierte knappe Antworten, ich wechselte zu Todesröcheln, ich ließ sie meine zugeschnürte Kehle hören. Weder aus Exhibitionismus, noch damit sie etwas merkt, ich litt eben. Sie führte Worte im Mund, hatte Denkweisen angenommen, fügte sich in bürgerliche Formeln, die mich vor Entsetzen aufschreien, wenn nicht sogar erbrechen ließen. Allein schon der Gedanke, allein schon das Bild. Allein sich bestimmte Szenen auszumalen, allein schon zu sehen, worauf sich das bezog, was das wachrüttelte. Sie schnüffelte oder schürfte in meiner Kindheit herum, und das auch noch ohne sich dessen bewußt zu sein. Das war die letzte, aber auch wirklich die allerletzte Person auf Erden, mit der ich mich verstehen konnte. Wir hatten uns überhaupt gar nichts zu sagen, wir waren einander völlig fremd. Sie war im einen Lager, ich im anderen. Noch vor einer Woche sprach sie von der eingetragenen Lebensgemeinschaft. Ich träume. Ich erreichte nichts, das laugte mich aus. Ich erkläre mich schuldig. Ich versuchte sie zu zerstören, sie zusammen mit ihrer Cousine, entweder sie oder ich, ich zog mich vor, was wohl klar ist, oder?

Am Morgen des 26., Donnerstag, den 26., habe ich gearbeitet. Alain Françon bereitet »Les Autres«, »Sujet Angot« und »No man's land« für ein Theaterstück vor, ich habe vorgeschlagen, die drei Texte miteinander zu vermengen, eine Sprache daraus zu machen, meinen üblichen Brei, meine typische inzestuöse Vermengung, die ich bisher noch nicht gezügelt habe. Alles kann sich jederzeit zermalmen, hätte meine Devise lauten können.

Am späten Vormittag, ich weiß nicht mehr, wer wen anruft. Sie mich, glaube ich. Sie ist ab vierzehn Uhr dreißig frei, um vor der Lesung bei mir zu sein, falls ich es wünsche, oder auch um spazierenzugehen. Nach dem Weihnachtsanschlag ... ich frage sie, ob sie scherzt. Wenn es mir hilft, kommt sie auch nicht, ihr soll das recht sein. Eine erbarmungslose Denkweise, die Wiederholung der Rechtfertigung wegen Weihnachten, Nadine unterstützen, Leute, die einem mal geholfen haben, läßt man nicht so einfach mit einem Mal fallen, sie hat Familie, eine Fin-de-siècle-Moral, des neunzehnten Jahrhunderts, ich spucke ihr ins Gesicht. Unerträgliche Begriffe der Treue und Gerechtigkeit. Derart uralt und willkürlich sind sie, wenn man mal ehrlich ist. Derart niederträchtig.

Wenn ich den Tagesablauf des 27., Freitag, den 27., beschreibe, werden Sie den Anruf von Nadine zu hören bekommen, sie hat mich zurückgerufen, Sie werden sehen, er hat es in sich.

Ich fasse zusammen. Mehrere Dutzend Anrufe, um zwölf Uhr dreißig fragt sie mich, ich stand unter Tränen, ob ich will, daß sie um vierzehn Uhr dreißig kommt. Ich sage ihr, daß es zu spät sein wird, daß ich tot sein werde. Wir legen auf und ich gehe schlafen.

Um vierzehn Uhr klingelt Denis, wir waren verabredet, ich habe nicht sprechen können. Marie-Christine hat mich angerufen, auflegen, erneut zurückrufen. Gut zwei Stunden sind vergangen, bis sie zu mir »ich komme« sagte und aufgelegt hat, ohne mir auch nur die Zeit zu lassen, »nein« zu sagen, ich merkte, sie war entnervt. Es war gegen sechzehn Uhr, die Lesung zwei Stunden später. Ich war nicht fertig. Ich war nicht vorbereitet, ich war nicht geduscht. Ich würde niemals die Kraft besitzen, mich in die Rue de la République 20 zu begeben, Anne und Gil, die mich im CRL erwarteten, guten Tag zu sagen. Wenn doch, dann um welchen Preis?

Ich habe Moufid Zériahen angerufen. Er war da.

»Christine Angot am Apparat. Ich habe um sechs Uhr eine Lesung, ich bin überhaupt nicht in der Verfassung, ich habe seit gestern mittag Angstzustände.«

»Kommen Sie sofort vorbei.«

»Ich kann nicht, dazu habe ich nicht die Zeit.« (Marie-Christine war auf dem Weg. Es sei denn, ich würde ihr einen Strich durch die Rechnung machen und verschwinden. Letztendlich! ... Wie Weihnachten.)

Trotz allem, was sie mir antut, habe ich nicht aufgehört, sie zu lieben, was für ein Masochismus. Paranoid, das ist sicher, ebenso delirierend, masochistisch muß ich überprüfen. Es klingelt, sie. Moufid Zériahen hat das Klingeln bestimmt gehört. Ich sage zu ihm:

»Ich möchte, daß Sie mir etwas sagen, was mich beruhigt.«

Ich weine.

Ich verschwinde mit dem schnurlosen Telefon in ein anderes Zimmer.

»Ein paar Worte.«

»Dann müßten Sie mir etwas mehr erzählen.«

»Es dreht sich um Weihnachten und um Nadine. Erinnern Sie sich?«

»Ja, ja.«

»Erinnern Sie sich, daß Marie-Christine zu mir gesagt hat, daß sie es versuchen wollte?«

»Ja, ja.«

»Sie hat gestern mit Nadine telefoniert, die ihr erklärt hat, daß das unmöglich ist. Und sie fährt. Sie fährt nach Paris.«

»Und das erstaunt Sie?«

»Ja.«

»Diese archaischen Beziehungen, wissen Sie, was hätten Sie gemacht, wenn Ihr Vater Sie angerufen hätte, oder Ihre Schwester, hätten Sie nicht sofort ›anwesend‹ geantwortet?«

Er schwimmt, ihm fällt nichts ein, nein, das ist es nicht. Am Telefon ist es schwierig.

»Nein, ich hätte ›abwesend‹ geantwortet. Gestern hat sie mich angerufen, und seit gestern bin ich in diesem Zustand, ich muß die Lesung hinter mich bringen. Ich habe äußerst heftige Angstzustände, ich brülle und ohrfeige mich. Ich kann das nicht ertragen.«

»Um wieviel Uhr ist Ihre Lesung zu Ende?«

»Gegen zwanzig Uhr dreißig.«

»Kommen Sie danach zu mir.«

»Aber danach wird es aus sein.«

»Es wird Ihnen helfen, währenddessen zu wissen, daß Sie danach zu mir kommen werden.«

»Oder aber ich komme jetzt.«

»Sie sagten vorhin, daß Sie nicht können.«

»Warten Sie.«

Marie-Christine war angekommen, entnervt. Sie hatte gesehen, daß ich telefonierte, sie gab mir Zeichen der Ungeduld. Der Wut, »ich faß es nicht«, »das ist doch einfach nicht wahr, ich glaube, ich träume«, »ich bin hergekommen, ich bin hier, und du, du hängst am Telefon. Ich bin hergekommen, das kostet mich einen wahnsinnigen Aufwand, und du telefonierst, du bist unausstehlich, und außerdem, obwohl ich hier bin, obwohl ich trotz allem herkomme, trotz all der furchtbaren Anrufe heute nachmittag, trotz deines unerträglichen Charakters, delirierend, paranoid, pervers, masochistisch und sadistisch, hängst du am Telefon«. Völlig entnervt.

Ich lege auf, ich sage zu Marie-Christine:

»Reg dich nicht auf, das war Moufid, er schlägt mir vor, zu ihm zu kommen.«

»Das wäre nicht das Verkehrteste.«

Sie schlägt vor, mich mit dem Auto zu bringen, wir würden danach zurückkehren oder sofort zur Lesung fahren, wenn zu wenig Zeit bliebe. Ich rufe wieder bei Moufid an, ich sage ihm, daß ich komme.

Ich wurde für zehn Minuten dazwischengeschoben, und dann bin ich zur Lesung. Es ging mir etwas besser. Und es ist gut gelaufen.

Nacht

Sie sagt zu mir, daß sie sich schlafen legen wird, daß sie heimfährt. Ich kann heute nacht unmöglich allein bleiben, nicht nachts. Nach all diesen Anstrengungen. Sie läßt mich fallen, erst Weihnachten, und nun nachts. Erneut. In meinen schlimmsten Zuständen. Ihre Argumente: 1. sie hat keine Sachen dabei, 2. wenn sie das Auto nicht umparkt, kriegt sie ein Knöllchen, wie beim letzten Mal.

»Na gut, dann schlafe ich eben bei Claude, ich kann unmöglich allein bleiben.«

»Wenn du bei Claude schläfst, ist es aus, hast du mich verstanden, aus. Komm zum Schlafen zu mir.«

»Nach allem, was ich seit Mittwoch ertragen mußte, kann ich nicht das Vertrauen zu dir haben, um bei dir einzuschlafen. Verstehst du das nicht?«

Das Zittern hat wieder eingesetzt. Immer an der gleichen Stelle, auf Höhe der Nieren. Kaum, daß Gil und Anne um die Straßenecke gegangen waren. Ich habe mich wieder rücklings aufs Bett geworfen, den Kopf nach hinten gestreckt, meine Augen sind wieder abwesend, meine Finger wieder blau, alles fängt wieder von vorn an. Und Nadine, die ihr Weihnachtsfest für fünfundzwanzig Leute vorbereitet. Ihre Cousine wird kommen, das ist super, so wie es immer gewesen ist, ein Ritual, uralt, es wird stattfinden, von neuem, in einigen Wochen, wie immer.

Es mußte ein Uhr früh gewesen sein, ich konnte nicht mehr, ich mußte zu ihr gehen, erneut eine Anstrengung, zum Feind gehen, oder aber sie würde mich allein lassen. Wenn ich zu Claude ginge, würde sie mich verlassen. Sie hat sich schließlich meine Tasche geschnappt, zwei drei Sachen reingetan, mich bei der Hand genommen, kurz und schmerzlos. Ich habe meinen Mantel wieder angezogen, ich war wie ein fetter Bär, der nicht mehr laufen kann, den Tropfen an der Nase, der heult, dessen Gesichtszüge mitgenommen wirken, ein fetter Bär am Ende seiner Kräfte. Sie geht die Treppe hinunter, ich bleibe am Treppenabsatz stehen, es gelingt mir nicht weiterzugehen.

»Ich bin unten, und du bleibst oben, ist es das?«

Nachts um halb eins von unten nach oben geschrien.

Sie steigt die Treppe wieder hoch, ohne jegliche Zärtlichkeit, entnervt. Sie zerrt mich auf die Straße, wo sie geparkt hat. Ich gehe nicht über die Straße, ich verharre starr auf dem Bürgersteig. Ich habe das Bedürfnis zu schreien. Ich will zurück, hoch zu mir. Sie fährt an, öffnet die Wagentür, sagt zu mir »beeil dich«. Ich steige ein. Ich sage zu ihr »bring mich zurück«. Ein Ritual, uralt, immer schon praktiziert, zusammen mit den Leuten, die ihr geholfen haben, die sie nicht einfach so fallenlassen kann. Aus Treue, ja, als Aufgabe, ja. Ja. Es geht um ihre Familie, sie hat Familie, ja. Nadine ist für mich ganz wesentlich, Nadine ist ein grundlegender Teil von mir. Wenn du sie nicht erträgst, erträgst du auch mich nicht. Eine Cousine, Patenkinder, ja. Ich schlafe sehr wenig. Ich wache sehr früh auf, am Morgen des 27., ich rufe Claude an. Ich sage zu ihm »ich bitte dich, ich kann nicht mehr, bring mich mit neuen Leuten zusammen«. Am gleichen Abend werden Nicolas und Judith zu Besuch kommen, die Tochter meines ersten Psychoanalytikers aus Reims, sie war gestern bei der Lesung, es hat ihr sehr gut gefallen. Während ihrer gesamten Kindheit hat sie von mir gehört, ich habe ihren Vater als Analytiker strukturiert, »die junge Frau« als besondere Bezeichnung. Ich bin zu müde.

Der Tagesablauf des 27.
Ich räume das Haus auf. Ich sehe heute abend vielleicht Marie-Christine, wir wissen es noch nicht genau. Ich bin auch bei Claude eingeladen, zusammen mit Judith. Um fünf Uhr habe ich einen Termin bei Toro, meinem Chiropraktiker, er stammt aus Kolumbien. Mir geht es schnell besser. Endlich entspannt, komme ich gegen sechs Uhr dreißig nach Hause. Ich fühle mich besser. Ich werde mir vielleicht sogar ein Bad einlaufen lassen. In dieser ausgeruhten Verfassung rufe ich Marie-Christine an. Ich habe keine Lust, sie zu sehen, ich ziehe es vor mich auszuruhen, Ravioli zu essen, den Film über Thomas Bernhard anzusehen, den ich aufgenommen habe, und schlafen zu gehen, ohne wieder diskutieren zu müssen. Wir reden ruhig miteinander, ein Klopfzeichen ertönt in meiner Leitung, Nadine.

Ich fasse mein kleines kariertes Papier, das ich aufbewahrt habe, zusammen. Als Antwort:

»Wir sind eine Familie. Eine Familie von Achtzigjährigen, eine Gespensterfamilie, von dieser Familie, von diesen Gespenstern, Schatten, sind Marie und ich die einzigen beiden, die zumindest etwas lebendig sind.«

»...«

»Das sind Gespenstererscheinungen. Wenn man Kinder hat, will man, daß es fröhlich zugeht zu Weihnachten, Marie-Christine ist die einzige, die diesem Fest ein ganz klein wenig Leichtigkeit verleiht. Wenn ich keine Kinder hätte, wäre mir Weihnachten weiß Gott egal, ich würde gar nichts machen, ich würde ins Kino gehen, ich würde irgend etwas Belangloses tun.« (Kino ist also irgend etwas Belangloses ...)

»Ich habe eine Tochter und werde mit ihr allein sein.«

»Wie alles, was uns unsere Kindheit wieder vor Augen führt, ist Weihnachten selbstverständlich wichtig für uns.« (In diesem knappen Ton, der sie berühmt gemacht hat, dem einer leicht eingebildeten leidenden Frau.)

Uralt, ein Ritual, Gespenster, eine Familie von Achtzigjährigen, und daß es pervers sei, mein Leiden so auszusprechen wie ich es aussprach, daß sie alles sehr gut, sehr gut, ausgezeichnet, nachvollziehen könne, was ich über Legitimität und Illegitimität sagte, aber daß sie dafür nicht verantwortlich sei. Daß es übrigens eine sehr männliche Haltung sei, jemanden kennenzulernen und zu ihm zu sagen »alles, was du vor mir gemacht hast, alles, was vor meiner Zeit war, gibt es nicht mehr, das machen Männer«. Aber sie wird Marie-Christine anrufen und sie freigeben. Weil sie sowieso kein Interesse mehr hat. Sie will nicht die Schuld an unserem Bruch tragen. Das ist es wirklich nicht wert. Sie hat damals am Telefon ein wenig Druck ausgeübt, sie wird sie freigeben.

Ich habe zu ihr nicht gesagt: ich weiß, daß du geweint hast.

»Sie freigeben? Aber es ist nicht deine Aufgabe, sie freizugeben.«

»Doch, doch, ich werde sie freigeben. Ich mag es nicht, wenn Menschen handeln, ohne es zu wollen, am Telefon war ich es, die Druck ausgeübt hat. Ich werde diesen Druck abschwächen, und sie wird Weihnachten mir dir verbringen. Weil es mir unter solchen Umständen sowieso keinen Spaß macht.«

Weiterer Anruf bei Marie-Christine, diesmal Anschnauzen. Später hat sie mir gesagt, daß sie eine Flasche Champagner gekauft hatte, daß sie sie kaltgestellt hatte, und Fischfilets, weil ich die so gerne esse. Sie hätte mir das sagen sollen, anstatt mich zu beschimpfen und den Hörer aufzuknallen. Ich sage zu ihr »ich gehe«, ich hatte mich entschieden, zu Claude zu gehen.

»Ja, genau, geh Claude besuchen und die Tochter deines ehemaligen Psychoanalytikers. Geh und entspann dich mit interessanteren Leuten als mir. Du bist geschafft, aber geh nur, geh aus. Endlich einmal wirst du Leute sehen, die dir passen.«

»Du hast vollkommen recht, ich werde mit meinem Ehemann und der Tochter meines ehemaligen Psychoanalytikers essen.«

Wir knallen beide die Hörer auf. Bei Claude zu Hause, Léonore schläft, ich streichle ihr Haar. Judith und Nicolas sitzen bereits, vor ihnen steht Salzgebäck. Wir begeben uns zu Tisch. Was Claude zubereitet hat, schmeckt nicht, die Gnocchi, die er gekauft hat, sind zäh, glücklicherweise gibt es Salat und Brot, auch der Schinken ist nicht besonders. Die Soße, die er zubereitet hat, ich mag einfach nicht, wie er darüber redet. Die Konversation, tja, eine Anekdote nach der anderen. Ich verabschiede mich früh. Ein Eckchen Käse, ich warte nicht bis zum Eis. Um höflich zu erscheinen, rede ich von meiner Schlaflosigkeit, dem Grund meines Abgangs, zehn Stunden in drei Nächten. Zwei Nachrichten von Marie-Christine erwarten mich »du bist wirklich ekelhaft, ekelhaft. Du bist weggegangen, das ist einfach nicht wahr, du bist wirklich ekelhaft, ekelhaft«. Es ist besetzt, dann klingelt es, sie hat mit Nadine gesprochen. Warum ertragen manche Frauen ihre Beziehungen nicht, was ist an ihnen Unerträgliches? Es hat sich zugespitzt. Um zwei Uhr früh brüllte ich noch immer. Obwohl ich vorher doch noch ruhig war, liege ich jetzt schmerzverzerrt und schmerzverrenkt im Bett. Sie wird schließlich ausstöpseln. Nach einer ganz bestimmten Aussage meinerseits.

Sie legt auf. Es ist Freitag, mitten in der Nacht. Ich rufe ein gutes dutzendmal an, ich hinterlasse flehentlich bittende Nachrichten. »Ich bitte dich, melde dich bei mir, ich bitte dich, ich flehe dich an«, ich bin ein Mülleimer, ich bin masochistisch, ich habe keinerlei Würde, ich behandle mich selbst wie einen Haufen Dreck, ich flehe sie an. Sie meldet sich bei mir, sie wiederholt, daß das der letzte Satz ist, unnötig, nochmals zurückzurufen, da Nadine unerträglich sei, ich auch nicht die einzige sei, die das behauptet, das sei ein Teil von ihr, sie sei so.

»Mich würdest du nie so verteidigen.«

Das genaue Ende weiß ich nicht mehr. Ich muß eingeschlafen sein. Ich bin gegen sechs Uhr morgens wieder aufgewacht. Samstag morgen, der 28., am Montag sollte ich Moufid Zériahen aufsuchen, ich wollte ihn fragen, ob es möglich wäre, mich für eine Zeit in der Klinik aufzunehmen. Ich habe geschrieben, es ging mir besser. Es gibt in den psychiatrischen Kliniken und Anstalten Schreibateliers, aber ich darf nicht alles durcheinanderbringen.

Es wären noch weitere Anzeichen, weitere Symptome und weitere körperliche Manifestationen zu nennen, ich habe mich auf die jüngsten konzentriert, die nach dem Auslöser. Wenn ich zeitlich zurückginge, könnte ich Seite um Seite damit füllen. Erstickungsängste, Erbrechen, Übelkeit, Koliken, Schlaflosigkeit, starke Selbstmordgelüste, einen Abend in Spanien, in Rosas, habe ich noch vor Augen, wie ich flach auf dem Bürgersteig lag, ich war achtzehn Jahre alt, war mit Pierre in Ferien, ein Sommerabend, ich lag flach auf dem Bürgersteig, mit heftigsten Bauchschmerzen, flach, obwohl Leute vorbeigingen, das waren die Ferien. Schwindel, hysterische Anfälle, einmal zum Beispiel, Place d'Erlon, in Reims, Ecke Rue Buirette, nahe dem Kaufhaus Espace, ich hatte meine Brille auf den Boden geschmissen, ich hatte sie zerbrochen (auch als Chirac gewählt wurde), Place d'Erlon, ich erinnere mich an das Motiv: ich wußte nicht, was ich zu essen einkaufen sollte, Ohrfeigen, an sich selbst gerichtet, öffentlich, aber meist allein, und die Sprache, eine Art zu reden, die dauernd Zusammenhänge zwischen Unzusammenhängendem herstellt. François hat zu mir gesagt »du mußt dich leicht auf die Seite legen«. Eine Art, mit Sprache zu attackieren, ohne es zu wollen, eine gestörte Atmung, am Ende ist man allein. Die Leute, die einem helfen, verachtet man, die Leute, die einem nicht helfen, verachtet man ebenfalls. Als ich geheiratet habe, habe ich acht volle Tage am Stück an Schlaflosigkeit gelitten, und an unglaublich, unglaublich, unglaublich viel Gewalt, eine perverse Sprache, dieses Kapitel hätte ausführlich und detailliert sein können, ich habe ein wenig vergessen, und es muß präzise sein, klar, deutlich, und wohlgeordnet. Ich will mitnichten etwas mehr oder weniger Impressionistisches fabrizieren, wie man so schön sagt: typisch Künstler.

Definitionen

Sie entstammen dem »Wörterbuch der Psychoanalyse« von Élisabeth Roudinesco und Michel Plon, erschienen bei Fayard. Wir haben Mittwoch, den 2. Dezember. Ich werde auf Sonntag, den 29., Montag, den 30. und Dienstag, den 1. noch zurückkommen. Bestimmte Definitionen haben mich berührt. Ich habe eine erste Diagnose erstellt, empirisch, ich bin kein Mediziner. Ich habe Wörter rausgeschrieben, ich habe verstanden, welcher Art mein Wahnsinn ist, welcher Natur. Ich sondiere, und es ist alles andere als komisch: es ist grausam. Das waren die Spielregeln, wie man so sagt. Das sind die Spielregeln, wie man so sagt, ich bin etwas verrückt, wie man so sagt, ich stehe mit beiden Füßen auf der Erde, wie man so sagt. »Wie man so sagt« ist eine Form der Entschuldigung, des Bedauerns und der Unschuld. Um die Lektüre zu erleichtern, habe ich bestimmte Wörter unterstrichen. Dadurch ist es zugleich aussagekräftiger. Außerdem entsteht etwas. Früher hätte meine Devise lauten können »alles kann sich jederzeit zermalmen«. Ich konnte nicht mehr, wie man so sagt: das Faß war voll.

Inzest

Mit Inzest bezeichnet man eine zwang- und gewaltfreie sexuelle Beziehung unter Blutsverwandten, deren Ausübung durch ein entsprechendes Gesetz in jeder Gesellschaft verboten ist. In der Quasi-Totalität aller bekannten Gesellschaften, mit Ausnahme einiger Fälle, darunter die Pharaonen Ägyptens oder der ursprüngliche hawaiische Hochadel, stand Inzest seit jeher unter strenger Strafe und wurde schließlich verboten. Dies ist auch als Grund dafür anzusehen, warum er so häufig verschleiert und von denjenigen, die ihn begehen, als Tragödie empfunden wird. Das Verbot ist der negative Aspekt einer positiven Regel: die Verpflichtung zur Exogamie. Der Akt wird von der Allgemeinheit geächtet und durchgehend als eine der Schattenseite der Vernunft entstammende oder zum Wahnsinn oder Selbstmord führende Tragödie erlebt.

Wahnsinn

Gleich unter welcher Bezeichnung der Wahnsinn rangiert, ob als Tobsucht, Manie, Delirium, Zorn, Besessenheit, Geistesgestörtheit, der Wahnsinn wurde seit jeher als »das Andere« der Vernunft begriffen. Verrücktheit, Sinnesverlust, Denkstörungen, Verwirrung des Verstands, Übermacht der Leidenschaft: unter diesen Erscheinungsformen tritt dieses Übel seit Menschengedenken auf.

Paranoia

Diese Art von Wahnsinn, die Freud hinsichtlich ihrer logischen Ausdrucksform und ihrer der »normalen« Denkweise nahekommenden Verständlichkeit gerne mit einem philosophischen System verglich, kann definiert werden als eine unter dem Einfluß interner Gründe und infolge eines andauernden Fortschreitens schleichende, dauerhafte und nicht zu erschütternde Entwicklung eines unkontollierbaren Systems, das sich unter Beibehaltung aller Klarheit und Ordnung des Denkens, des Willens und des Handelns etabliert. Die Paranoia beruht auf zwei fundamentalen Mechanismen: Dem Delirium des Verweissystems und den Illusionen des Gedächtnisses, beides verstanden als Ursache unterschiedlicher Inhalte des Verfolgungswahns, der Eifersucht, des Größenwahns. Der Paranoiker ist ein chronisch Kranker, der sich für einen Propheten hält, einen Kaiser, einen Großen Mann, einen Erfinder. Es handelt sich um einen pathologischen Ausdruck der Verteidigung, Menschen werden paranoid, weil sie bestimmte Dinge nicht tolerieren können, natürlich unter der Voraussetzung, daß sie eine dazu prädisponierte seelische Struktur besitzen. Die Paranoiker lieben ihr Delirium wie sich selbst, darin liegt ihr ganzes Geheimnis. Die Paranoia ist definiert als Abwehr gegen Homosexualität.

Narzißmus

Françoise Dolto macht die Wurzel des Narzißmus im Moment der privilegierten Erfahrung aus, die sich aus denjenigen Worten der Mutter zusammensetzt, die eher auf die Befriedigung der Begierde gerichtet sind, denn als Anwort auf Bedürfnisse zielen.

(Wenn Ihre Mutter etwa zu Ihnen sagt, daß Sie die Person sind, die sie am meisten auf dieser Welt liebt, daß Sie das schönste sind, das sie in ihrem Leben zustandegebracht hat, daß sich das Leben allein schon aus dem Grund lohnte, Sie zu bekommen, Sie bekommen zu haben, daß die Geburt natürlich kein besonderer Spaß ist, aber daß es nichts Schöneres auf der Welt gibt, nichts, das sie sich vorstellen könnte, daß Sie so intelligent sind, und daß sie so gerne Ihre Talente gehabt hätte, daß sie natürlich vermeidet, es Ihnen zu oft zu sagen, aber daß sie natürlich findet, daß Sie das entzückendste von allen kleinen Mädchen sind, die sie kennt, was nicht heißt, daß sie es nicht wirklich so meint, wenn sie es vermeidet, es Ihnen zu oft zu sagen, daß sie Sie immer lieben wird, und daß das niemals aufhören wird. Niemals, niemals, niemals, hast du mich gut verstanden?)

Homosexualität

Was Freud in erster Linie interessierte, war nicht, die Homosexualität aufzuwerten, abzuwerten oder zu bewerten, sondern aus der Perspektive seiner neuen Lehre vom Unbewußten her ihre Gründe, ihre Genese, ihre Struktur zu verstehen. Daher rührt auch das Interesse an der latenten Homosexualität bei Neurosen und vor allem bei Paranoia. Den Begriff der Perversion behielt sich Freud vor, um abweichende sexuelle

Verhaltensformen in Hinsicht auf eine strukturale (und nicht länger soziale) Norm zu beschreiben, wozu er die Homosexualität zählte. Er nahm ihr allen pejorativen, differentialistischen, inegalitaristischen oder im Gegenteil bewertenden Charakter. Mit einem Wort, er integrierte die Homosexualität in die Gesamtheit der menschlichen Sexualität und humanisierte sie, indem er sie als psychisch unbewußte Wahl begriff.

1920 stellte er eine kanonische Definition auf: Homosexualität, als Konsequenz der menschlichen Bisexualität, liegt latent bei allen Heterosexuellen vor. Wenn sie zur exklusiven Wahl des Objekts wird, liegt beim Mädchen eine infantile Fixierung auf die Mutter und eine Enttäuschung durch den Vater zu Grunde. Und er präzisiert: »... und im allgemeinen ist das Unternehmen, einen vollentwickelten Homosexuellen in einen Heterosexuellen zu verwandeln, nicht viel aussichtsreicher als das umgekehrte ...« In einem Brief vom 9. April 1935, adressiert an eine Amerikanerin, deren Sohn homosexuell war und die sich darüber beklagte, schrieb er: »Die Homosexualität ist offenkundig kein Vorteil, aber es ist nichts an ihr, dessen man sich schämen müßte, weder handelt es sich um eine Untugend, noch um eine Entwürdigung, und wir könnten sie nicht als Krankheit bewerten; wir betrachten sie als eine Variation der sexuellen Funktion, hervorgerufen durch einen frühzeitigen Abbruch der sexuellen Entwicklung. Mehrere höchst ehrenwerte Persönlichkeiten der alten und neuen Zeit sind homosexuell gewesen, und wir finden unter ihnen einige der größten Männer. Es ist eine große Ungerechtigkeit, daß die Homosexualität wie ein Verbrechen geahndet wird – und eine Grausamkeit außerdem.«

Der gewöhnliche Kleinianer, eigentlich liberal, sieht in der weiblichen Form der Homosexualität eine Identifikation mit dem sadistischen Penis.

Als leidenschaftlicher Literat unterstrich Freud sehr häufig, daß die großen Geister homosexuell waren.

Subjekt

Gebräuchlicher Begriff in der Psychologie, Philosophie und in der Logik. Er wird verwendet, um ein Individuum in seiner Eigenschaft als Beobachter anderer zu bezeichnen, der zugleich von anderen beobachtet wird.

Selbstmord

Der Selbstmord ist der Akt des Sich-Tötens, um nicht den anderen zu töten. Er ist weder die Konsequenz einer Neurose noch einer Psychose, wohl aber einer Melancholie oder aber einer schwerwiegenden narzißtischen Störung.

Perversion

Aus dem Lateinischen *pervertere* (verkehren, umdrehen) abgeleiteter Begriff, verwendet in der Psychiatrie und von den Gründern der Sexualwissenschaft, um entweder pejorativ, oder bewertend, sexuelle Praktiken zu beschreiben, die als Abweichungen in Bezug auf eine soziale und sexuelle Norm angesehen werden. Seit Mitte des 19. Jahrhunderts zählt die Psychiatrie so unterschiedliche Perversionen wie Inzest, Homosexualität, Sodomie, Pädophilie, Päderastie, Fetischismus, Sadomasochismus, Transvestismus, Narzißmus, Autoerotismus, Koprophilie, Nekrophilie, Exhibitionismus, Voyeurismus und Vorliebe für sexuelle Verstümmelungen zu den sexuellen Praktiken.

Sadomasochismus

Sexuelle Perversion, beruhend sowohl auf einem Ausdruck der Befriedigung, gebunden an ein dem Anderem zugefügtes Leid sowie an das von einem erniedrigten Subjekt stammende Leid, als auch auf der Wechselseitigkeit zwischen einem passiv erlebten und einem aktiv zugefügten Leid.

Zwei Prozesse: Die Umkehrung gegen das Subjekt selbst und die Verkehrung einer aktiven Funktionsweise in eine passive. Diese Operation kann nur über den Umweg der Identifikation mit dem Anderen im Bereich des Phantasmas gelingen. Beim Sadismus fügt man dem anderen Schmerzen zu und empfindet bei der Identifikation mit dem leidenden Objekt Befriedigung in masochistischer Form.

Der seelische Masochismus äußert sich vor allem sprachlich; beruhend auf einem Gefühl der Schuld, ist diese Erscheinungsform des Masochismus weitaus wichtiger und destruktiver. Charakteristisch ist eine Entfernung von der Sexualität und ein Aufweichen der Verbindungen zum geliebten Objekt, die Aufmerksamkeit richtet sich auf die Intensität des Leidens, unabhängig von seinem Ursprung. Es geht darum, ein gewisses Quantum an Leiden aufrechtzuerhalten. Die Psychoanalyse hat den Sadomasochismus allmählich selbst in der Psyche des »normalen« Individuums ausgemacht.

Nazismus

Schon bei seiner Machtübernahme hat Adolf Hitler seine nationalsozialistische Lehre in die Tat umgesetzt, deren Hauptziel die Vernichtung aller Juden Europas als »niedere Rasse« war. In gleicher Weise galt es als folgerichtig, sich aller als »erblich belasteter« oder für den Gesellschaftskörper hinderlich angesehener Menschen zu entledigen. So wurden Homosexualität und Wahnsinn vom Nazismus als Äquivalente des Judentums behandelt, begründet wurde dies mit einer Theorie der degenerierten Vererbung.

Hysterie

Ihre Besonderheit beruht auf der Tatsache, daß in ihr psychisch unbewußte Konflikte in theatralischer Manier und in Form von Symbolisierung anhand körperlich kritischer Symptome zum Ausdruck gelangen. (Ich habe darüber gesprochen, Heulerei, Atmung, Blockade des Zwerchfells, das Bedürfnis, sich flach auf den Rücken zu legen, der Hang, sich hinzuknien, Schreie, Indifferenz, unter den Blicken anderer sogar Genußempfinden, Ohrfeigen, gegen sich selbst gerichtet, als maximale Ausprägung davon, der Schauspieler, der vor dem Spiegel probt, Tränenausbrüche, hysterische Anfälle, sich auf die Erde werfen, Botschaften im Stil von »ich bitte dich, ich flehe dich an« auf dem Anrufbeantworter, was in einer Art Röcheln endet, selbst auf dem Anrufbeantworter kann man es hören.)

Begierde

Gebunden an Gedächtnisspuren, an Erinnerungen, erfüllt sie sich in der unbewußten und halluzinatorischen Reproduktion von Perzeptionen, die zu »Zeichen« der Befriedigung geworden sind. Das Verlangen richtet sich auf den Anderen, es ist dem Schein nach auf ein Objekt gerichtet, dieses Objekt ist dabei aber unwesentlich, da das Verlangen ein Verlangen nach Liebe ist. Die Begierde beruht auf einem Phantasma, einem imaginär Anderen, sie ist die Begierde der Begierde des Anderen, in Gestalt der Suche nach absoluter Wiedererkennung durch den Anderen um den Preis des Kampfes auf Leben und Tod, den Lacan mit der Dialektik von Herr und Knecht gleichsetzt.

Schizophrenie

Form des Wahnsinns, deren Symptome sich in einer Zusammenhanglosigkeit des Denkens, der Gefühle und des Handelns zeigen, eine Abkapselung des Ichs und eine delirierende Aktivität. Eine Demenz im äußersten Stadium, dessen charakteristisches Erscheinungsmerkmal die Verschanzung des Subjekts im Inneren seiner selbst ist. Der Kranke, Mann oder Frau, verfällt in einen Zustand des Deliriums und scheint den Kontakt mit der Realität zu verlieren.

Tag und Nacht die Augen starr geöffnet, ohne jemals die Lider zu senken und zu heben. Man versucht ihn anzusprechen, er aber hört nicht. Es ist eine dem Grab entrissene Scherbe, eine Art Sieg des Lebens über den Tod oder des Todes über das Leben. Aber, plötzlich fähig zu sein, aufzuhören zu zittern, und mit leiser Stimme zu sagen »die Engel sind ganz weiß«. (Ausgehend vom klinischen Fall von Louis Lambert.)

Verlust des vitalen Kontakts mit der Realität, und die Vorstellung, nicht man selbst zu sein.

Es gibt eine »schizophrene Kunst«, ungestüm, derjenigen der Kinder und primitiven Völker ähnlich.

Foucault weigert sich, irgendeine Diagnose zu erstellen, macht aber im Wahnsinn von Artaud, Nietzsche, Van Gogh und Hölderlin den Augenblick des Werkes aus: »Da, wo das Werk ist, ist kein Wahnsinn; und dennoch ist der Wahnsinn ein Zeitgenosse des Werkes, weil er die Zeit seiner Wahrheit inauguriert.«

Anwendungen
Ich erkenne mich vor allem in zwei Sätzen wieder: Die Paranoiker lieben ihr Delirium wie sich selbst. Und: Es geht darum, ein gewisses Quantum an Leiden aufrechterhalten zu können. Und unter anderem um die Verachtung oder das Delirium der Verfolgung, das zur Zerstörung führt.

Ich erinnere mich, in Bezug auf »Vu du ciel«, Blick vom Himmel, behauptet zu haben, daß Vergewaltigung gut sei »natürlich ist Vergewaltigung gut, wenn nicht, kann man sie nicht ertragen«. Ich hatte damals überhaupt keinen Zweifel, es erschien mir unwiderlegbar. Ich war ganz einfach: paranoid.

Nadine ist unerträglich, ich bin nicht die einzige, die das behauptet. »Es handelt sich um einen pathologischen Ausdruck der Verteidigung, Menschen werden paranoid, weil sie bestimmte Dinge nicht tolerieren können.« Wenn sie am Tisch ihre Probleme vom Dreh ausbreitet, Catherine Decourt hier, Dupont da, Duran, Emmanuelle Vigner, die ihr letztes Jahr zu Weihnachten eine sündhaft teure Uhr geschenkt hat. Der Film »Mari et Femme« mit André Dujardin und ihr, den ich zuvor in Sète gesehen habe, später beim Abendessen nimmt sie den Ehrenplatz ein, Marie-Christine sitzt ihr zur Seite, die Kronprinzessin, sie lassen von Zeit zu Zeit ein Lachen über ihre feinsinnigen Scherze verlauten. Der ganze Tisch fällt ein. Wie beim König, wenn er lacht, lacht der ganze Hof. Wenn der Narr dem König ein Lächeln entlockt, krümmt sich der ganze Hof vor Lachen. Marie-Christine, ich sitze weder an ihrer Seite noch sitze ich ihr gegenüber, sondern schräg gegenüber, am anderen Ende des Tischs. Auch andere Freunde sind dabei. Aus Montpellier, Mediziner, Professoren, die Nadine kennt, sobald sie erscheint, laufen sie auf sie zu, fragen Marie-Christine »Nadine, wie läuft ihr Film? Und Decourt, klappt es? Klappt es gut mit Decourt? Natürlich, man ißt gern mit Nadine zu Abend«. Oh, »ich bewundere Dupont«. Und, »Nadine, sie ist ja so warmherzig, so großzügig«. Sie stellen Fragen zu Decourt, geben ihre Meinung zum Besten, nennen die Filme von ihr, die sie mochten, fragen, ob es den »Decourt-Effekt« gibt. Nadine nennt sie »Catou«, wie die Deneuve, um sich leise über sie lustig zu machen. Sie berichtet von unerträglichen Augenblicken während des Drehs. Von Verspätungen, unerhörter Flegelhaftigkeit (all das mit dem Luxus des Details, garniert) und davon, was sie gemacht hat, um ihr dennoch den Respekt beizubringen, zu lehren, den man einem Technikerteam und der Gesamtheit einer Produktion schuldet, NC. Sie bloßstellen, ihr deutlich zeigen, daß alle auf sie warten. Ich erinnere mich an Dominique Quentin in »Edward II«, der Schrei, den sie in der Mitte des Films ausstößt, ich bin nicht von dieser Welt, dieser Schrei existiert, niemand denkt daran. Die Gespräche drehen sich um Stücke, die laufen werden, um Restaurants, in denen sie gegessen haben, in denen sie gerne einmal essen würden, um den dritten Michelin-Stern, der den Brüdern Soundso verliehen wurde, um das »Jardin des Sens« und um die Anzahl der verkauften Karten ihres letzten Films.

Paranoia beruht auf einem Delirium der Referenzen, Quentin oder Eustache, ich schwanke. Verfolgung, Eifersucht, Größenwahn, selbstverständlich. Man wird paranoid, weil man bestimmte Dinge nicht ertragen kann. Das ist nun mal so. Marie-Christine sagt zu mir »ich habe Nathalie Bayard gesehen, ich habe mit Nathalie Bayard zu Abend gegessen, wir sind zusammen mit Nadine an den Strand gegangen, an den

Nathalie Bayard immer geht, wenn du sehen würdest, was für eine Beziehung Nathalie Bayard zu ihrem Hund hat, nur für ihn, nur für seine Bedürfnisse hat sie diesen Strand ausgesucht, sie liebt ihn über alles«. Dies, weil sie weiß, daß ich die Beziehung, die sie mit ihrer Hündin Baya unterhält, nicht schätze, aber wenn ich Nathalie Bayard sehen würde, würde ich nichts mehr sagen. »Chambord«, habe ich gesehen, ich rede keinen Schwachsinn. Übrigens, Freud hat die Paranoia mit einem philosophischen System verglichen, derart ist ihre Strenge, derart logisch ist ihr Ausdruck, derart klar und wohlgeordnet ist bei ihr der Gedanke, der Wille, das Handeln. Offensichtlich »werden die Paranoiker so, weil sie bestimmte Dinge nicht tolerieren können«, das ist bei mir der Fall. Abgesehen von einer Szene ist der Film derart manieriert, gibt sich sensibel. Und sogar ein klein wenig revolutionär, zum Beispiel hinsichtlich des Star-Images, das sie zerschlägt. »Schauen Sie, ich filme die Schenkel von Decourt, ich wage es, immerhin ist Decourt sechzig, ich wage es, ihre Schenkel zu filmen. In einer Szene zum Beispiel war Decourt zu Tode erschrocken, ihr ist etwas passiert, ich weiß nicht mehr was (weil auch das Drehbuch verworren ist), Decourt sollte aufstehen und unverzüglich gehen. In diesem Moment, wissen Sie, was sie da sagte? erzählt uns Nadine (ich habe diese Anekdote mehr als einmal gehört), sie hat gesagt, Catou hat gesagt »und meine Tasche?« Stellen Sie sich das vor, erzählt Nadine, der bürgerliche Reflex sitzt so tief, hat in ihr so tiefe Wurzeln geschlagen, sie denkt an ihre Tasche. Worauf ich geantwortet habe »aber Catherine, Ihre Tasche ist Ihnen in diesem Moment egal, Catherine, Sie lassen sie natürlich liegen, Ihre Tasche, Sie denken nicht einmal darüber nach«.

Und alle am Tisch stimmen freudig zu. Na klar, ihre Tasche ist ihr in diesem Moment egal. Alle sind sich einig. Vielleicht befindet sich ein Foto ihres Sohns in der Tasche oder ihres Patenkinds, was wissen die schon darüber, die alle?

(Es langweilt mich, die Namen geändert zu haben. Das macht das Buch weniger gut. Dennoch ziehe ich es vor, besser als Schadenersatz zu zahlen.)

Das Objekt ist unwesentlich, was zählt, ist das Verlangen nach Liebe. Ich habe sie gebeten, Weihnachten mit mir zu verbringen. Eine Zeitlang habe ich gedacht, es verwinden zu können. Ich habe mir gesagt »sie kommt am 25. nach Montpellier zurück, wir werden also am 25. Weihnachten feiern«. Ich mag Weihnachten nicht am 25. feiern, ich mag auch nicht gerne mittags essen. Ich kann mittags kein Fest feiern. Weihnachten für Arme, Weihnachten der Wiedergutmachung, das wahre Weihnachten hat am 24. stattgefunden, ich konnte das nicht, die Gänsestopfleber vom Vorabend, sie hätte sie noch immer im Magen, und den Champagner, Ruinart Magnum, Paris, der wahre Heiligabend mit zwanzig Freunden und den Patenkindern, Patenkindern, Patenkindern, vor allem mit den Patenkindern, »ich, die ich keine Kinder habe, natürlich war ich gerührt, als mich Nadine gleich zweimal gebeten hat, die Patentante ihrer Kinder zu werden«, die als Kinder das Vertrauteste sind, was sie kennt, während Léonore ... wenn der Schreibvorgang visuell wäre, würde ich die Geste mit dem Finger gegen die aufgeblasene Backe machen, was soviel heißt wie Nepp, aber ihr ist das egal. Léonore gehört nicht zu ihrer Familie und wird nie dazugehören, ihr ist das egal. Sie ist ein kleines Mädchen, das ihr nichts bedeutet, wie man so sagt. Man gewährt ihr ein Weihnachten am nächsten Tag, nachdem die dringenden Fälle versorgt sind, die Cousine, Ehre wem Ehre gebührt, die Kronprinzessinnen, sie werden im Falle ihres Todes als Verwandte zweiten Grades erben, die Nahestehenden, während ihr Léonore nichts bedeutet und auch nie etwas bedeuten wird. Nie. Weniger noch als ihr Hund. Die Hausangestellte, die Küchengehilfin, das kleine, arme Mädchen. Sie ist niemals allein mit Léonore spazieren gegangen, aber jeden Tag mit dem Hund. Mit Léonore allein möchte sie nichts unternehmen, nicht einen Abend im Kino, nicht einen einzigen Spaziergang, wenn ich nicht da bin, nicht ein Mal, daß sie sie von der Schule abgeholt hätte. Man legt ihr zu Weihnachten eine kleine Barbie-Puppe unter den Tannenbaum, »von Marie-Christine«, die das Fest in Paris feiert, die Heiligabend in Paris verbringt, nachdem sie mit ihrer Cousine, die vierzig Prozent bei Prada und Jil Sander bekommt, die Kaufhäuser auf dem Boulevard Saint-Germain abgegrast hat, wohingegen Dominique Quentin voll bezahlen muß, und ich auch. Das ist ekelhaft, die Markenklamotten pfeifen darauf, wie alle anderen auch.

Dann habe ich mir gesagt »nein, ich werde sie niemals abholen können, sie, aus dem Flugzeug steigend, noch müde von Heiligabend, sie wird das Fest gefeiert haben, das wahre Weihnachtsfest am Vorabend. Ich werde das zweite kriegen«. Wir wollten am 28. Dezember nach Rom abreisen. Ich hatte ein Hotel direkt an der Piazza del Popolo gebucht, noch in der Woche ihres Versprechens, das Äußerste tun zu wollen, um in Montpellier zu bleiben, mit Léonore und mit mir. Sie hatte keine Lust dazu, so ihre derzeitige Aussage, ich hatte ihr Druck gemacht, sie hatte mich die ganze Zeit gewarnt, sie werde es nicht tun, wenn daraus ein Drama gemacht würde.

Dramen, Konflikte. Rom, ich habe ihr gesagt, daß ich daran kein Interesse mehr habe. Wir haben den 4. Dezember, die Tickets sind storniert. Das Hotel hieß Hotel Quantin. Wir trennen uns, weil sie Nadine Casta liebt und ich Dominique Quentin. Es handelt sich um ein wirkliches philosophisches System, mit richtigem Fundament, etwas allerdings läßt mich leiden, und zwar diese berühmte »schleichende Entwicklung« und dieser Einfluß interner Gründe und dieses andauernde Fortschreiten, das nicht anhalten wird, nachdem der Auslöser einmal losging, die Maschine startet und ist nicht mehr zu halten. Es ist festgefahren. Kein einziger Anruf von Marie-Christine, es ist inzwischen länger als zehn Tage her, daß der Auslöser stattgefunden hat, kein einziger Anruf, kein einziger Besuch hat mich stoppen können. Das System ist delirierend, dauerhaft und in keinster Weise zu erschüttern. Die das erfunden hat, bin nicht ich. Ich werde nicht nach Rom reisen, weil es bis Jahresende anhalten wird. Verlangen nach Liebe um den Preis des Kampfes auf Leben und Tod. Gestern abend kam Claude vorbei, um mich zu besuchen, er hat zu mir gesagt, »meine liebe Christine, dein Gesicht ist wie tausend Scherben«.

Der Nazismus, ich verfolge Marie-Christine, weil sie homosexuell ist, obwohl es sich hier nur um eine Variante handelt, hervorgerufen durch einen frühzeitigen Abbruch der sexuellen Entwicklung. Mehrere höchst ehrenwerte Persönlichkeiten der alten und neuen Zeit sind homosexuell gewesen. Aber ich besitze eine sadomasochistische Struktur, die niemand leugnen kann, es leugnet sie übrigens auch niemand. Ich bin nicht die erste, nicht die letzte, die Homosexuelle verfolgt, auch wenn es grausam ist, ich gebe es zu, und zwar gänzlich. Warum? Weil mein Vater homosexuell war. Er war es nicht, ich deliriere, ich übertreibe, ich rede Schwachsinn, aber die anale Penetration, die er an mir ausübte, und auch an einer gewissen Marianne, wie er mir erzählt hat, macht ihn ihnen ähnlich. Bisexualität ist menschlich. Sie existiert im latenten Zustand bei allen Heterosexuellen, Freud sagte es bereits 1920. Das ist ein Aspekt. Ganz zu schweigen von den Handgelenken, die er sich immer verrenkt, verdreht, umgedreht hat. Alles kann sich jederzeit umdrehen.

Gestern hat sie am Telefon zu mir gesagt »du machst andere fertig, weil du selbst fertig gemacht worden bist«, so etwas macht immer Freude. Bald wird sie mir auch noch mitteilen, daß sie Mitleid hat. Ein Paranoiker kann so etwas nicht ertragen, das ist unerträglich, unerträglich. Un-er-träg-lich.

Ich habe geweint. Sie hat mit mir geredet, dann:

»Das ist vielleicht unser letztes Telefonat. Hast du noch etwas hinzuzufügen?«

»Fröhliche Weihnachten.«

»Ich glaube kaum, daß es fröhlich wird.«

»Und ein gutes Neues Jahr.«

Seelischer Masochismus. Es ist die weitaus destruktivere Form, bei mir äußert er sich vor allem in der Sprache. Ich gehe nicht ins Detail. Ich bin sadomaso, das allein ist schon schlimm genug. Ich führe Gespräche im Kopf, massenweise, mit diesem quälenden Verstand, mit Claude, Marie-Christine, meiner Mutter und anderen. Bei diesen anderen hat es keine Folgen, ist es nicht schlimm, nur das Vergnügen, ihn mit der Nase in den eigenen Dreck zu stoßen, und die Situation dreht sich auch nicht um. Man ist sadistisch, die ertappte Person glaubt wirklich, sie hätte Unrecht (und sie hat Unrecht), sie argumentiert, anstatt, es gibt ja immerhin eine Möglichkeit, eine einzige, sie denkt nicht daran, sich sofort in die Rolle des Opfers zu begeben, es ist notwendig, daß dies unbemerkt geschieht, damit ich (oder ein anderer Sadist) unverzüglich zur Entschuldigung übergehen kann, um den Prozeß umzudrehen, sich seinerseits am Bösen zu erfreuen, dabei zugleich die Position des Opfers einzunehmen, das phantastischerweise ich bin, gleich jetzt oder erst wenn ich mich entschuldige, ich nun meinerseits, sich sowohl an dem von mir zugefügten Leid erfreuen wie auch an dem, das ich zugefügt bekomme. Das ist nicht sehr originell, aber das lebe ich und begnüge mich nicht damit, es nur zu sagen. Sich am Leid erfreuen, das man zufügt und das man erfährt. Alles kann sich jederzeit umdrehen, so hätte meine Devise lauten können. Ich suche noch nach einer anderen. Die Menschen, die mich kennen, reagieren, leiden oder sprechen zu mir, so wie gestern Claude »ich bin dir nicht böse, ich kenne dich ja«. Leiden, an dem, was man zu mir sagt, und gleichzeitig mich an dem erfreuen, was ich sage, ich kann nicht mehr. Ich wünschte mir, daß das aufhört.

Am nächsten Tag

Ich schaue in ihrer Praxis vorbei. Ihre Sekretärin, sie heißt Nadine (Nadine Martin), unterrichtet sie nicht sofort von meiner Ankunft. Sie beendet ihre Post, ihren Anruf, ihre Arbeit am Computer, nebensächlich. Dann ruft sie sie an, sagt zu ihr »Christine ist da«, sagt zu mir »sie ist gerade dabei, mit jemandem Atemübungen zu machen«. Ich warte einen Augenblick, ein paar Minuten. Dann gehe ich, ich warte nicht länger. Diese Sekretärin, die sich Nadine nennt und den Schlagbaum spielt, kann ich nach dem, was sich vorher abgespielt hat, nicht ertragen. Marie-Christine hatte mir gesagt »als ich sie zum Einstellungsgespräch gebeten habe, hat sie mir ihren Namen genannt, und ich habe gesagt ›einverstanden‹«. Endlich eine Nadine, der sie Befehle erteilen kann. Ich rede wirklich Schwachsinn. Ich habe den Namen dieser Sekretärin mehrmals nacheinander ausgesprochen, dann bin ich weg.

»Nadine, Sie werden ihr sagen, daß ich nicht warten konnte, daß ich in Eile war, ja, Nadine?«

»In Ordnung. Auf jeden Fall werde ich ihr sagen, daß Sie vorbeigeschaut haben.«

»Vielen Dank, Nadine, vielen Dank. Auf Wiedersehen, Nadine.«

Halluzinativer Vorgang, wohlbekannt, eine Nadine ersetzt die andere. Schwarze Haare ersetzen andere, vor allem, wenn sie mit sanftem Schwung den Nacken ein wenig abdecken.

Gestern, Donnerstag, der 3. Dezember frühmorgens, ich rufe sie im Krankenhaus an:

»Ich wollte dir nur sagen, daß ich am Samstag mit Claude zusammen Weihnachtseinkäufe erledigen werde. Er möchte mir ein Geschenk machen, wir werden den Tag in Avignon verbringen ...«

»In Avignon?«

»Du weißt genau, daß es in Montpellier nichts als Ödnis gibt.«

Dann, fünf Minuten später, rufe ich sie wieder an:

»Ich wollte dir etwas anderes sagen, aber es wird dir wehtun.«

»Nun sag schon.«

»Ich möchte nicht, daß du mir zu Weihnachten Geschenke

machst, ich würde das nicht ertragen. Ich wollte dir das früh genug sagen, wir haben den 3. Dezember, die Zeit, wo man anfängt, Geschenke auszusuchen. Und das genau ist es, ich würde es nicht ertragen, wenn du mir ein Geschenk machen würdest. Das verstehst du bestimmt. Nach allem, was passiert ist, denke ich.«

»Wir haben sowieso ausgemacht, daß wir sie uns in Rom geben.«

»Du weißt ganz genau, daß ich da nicht mehr hin will.«

»Wir haben noch nicht endgültig entschieden.«

»Doch, ich schon, ich habe entschieden. Ich will nicht mehr. Ich habe es seit jenem Mittwoch mittag (25. November), an dem du mich angerufen hast, gewußt. Du weißt das ganz genau. Seitdem hat sich nichts verändert (in keinster Weise zu erschüttern).«

Vor zehn Minuten habe ich sie in ihrer Praxis angerufen, die Tickets nach Rom wurden meinem Wunsch entsprechend storniert. Ich habe sie gebeten, mich nie mehr anzurufen. Vor zehn Minuten habe ich sie angerufen:

»Vielleicht war es ein Fehler, die Tickets zu stornieren?«

»Möchtest du hin?«

»Nein, ich habe dir gesagt, daß ich meine Entscheidung nicht widerrufen werde. Aber wir hätten uns eine Möglichkeit offenhalten können, für den Fall, daß.«

»Ich kann anrufen, wenn du willst.«

»Aber ich habe überhaupt keine Lust nach Rom zu fahren. Rom, das ist vorbei. Seitdem das alles passiert ist. Der einzige Ort, der für mich noch in Frage käme, wäre Sevilla.«

»Ich kann anrufen, wenn du willst.«

»Aber ich habe nicht gesagt, daß ich dahin wollte. Ich

kann im Augenblick nicht. Du weißt ganz genau, daß ich blockiert bin und daß sich daran seit Mittwoch mittag nicht für eine Sekunde etwas geändert hat.«

Um den Preis des Kampfes auf Leben und Tod, den Lacan mit der Dialektik von Herr und Knecht identifiziert. Ich kann nicht mehr, ich kann nicht mehr weitermachen, ich möchte, daß man mir hilft. Das Schreiben hat mich erleichtert, Samstag, Sonntag, Montag, Dienstag, aber seit den Definitionen ist es vorbei. Seit der ersten Schwierigkeit, auf die ich gestoßen bin, ist es mit der Erleichterung vorbei.

Ich habe soeben an ein anderes Beispiel sadomasochistischer Verkehrung gedacht: »Sujet Angot«, die Struktur.

Andere Ansichten

Gisela: Glaubst du nicht, daß du etwas übertreibst?

Marie-Christine: Du machst mich verrückt. Du treibst mich zum Äußersten.

Nadine: Das ist extrem pervers, diese Art, dem anderen dein Leid zu präsentieren, indem du es ihm sagst, jedenfalls kann er dann nichts mehr machen. Ob du willst oder nicht, ich werde heute abend Marie-Christine anrufen und sie freigeben. Unter diesen Umständen habe ich kein Interesse mehr daran. Du kannst mir nicht so etwas sagen und nachher die Unschuldige spielen, als ob du gar nichts gesagt hättest, und sagen, daß du mir das nur sagst, damit ich dein Leid kenne.

Yvonne Kermann: Du hast eine sadomasochistische Beziehung zur Öffentlichkeit.

Vor allem aber hat Marie-Christine in der Nacht vom 1. auf den 2. in meinen Armen geweint und zu mir gesagt: Ich liebe nur dich, ich habe noch nie jemanden außer dir geliebt, du bist die erste und die einzige, aber du willst mich nicht, also werde ich mich umbringen. Ich werde verschwinden, du wirst nichts mehr von mir hören, nie mehr. Du wirst mich nicht davon abhalten, weil ich es machen werde, wenn du nicht da bist.

Letzte Tage (Flashback)
Samstag, 28. November, abends, eine Fete bei Nathalie, ich sage schließlich zu. Ich sehe Marie-Christine nicht beim Tanzen zu, ich selbst tanze auch nicht, ich schmolle, ich verkünde jedem, der es hören will, daß ich müde bin, sehr müde, man antwortet mir »ich nicht, ich bin den ganzen Tag Kajak gefahren, und ich bin nicht müde ...« Oder »trink einen Schluck Whisky, das wird dich wieder aufmuntern.« Rotwein ermüdet, Whisky macht munter. Oder »entschuldige, daß ich dir letztens gesagt habe, daß deine Reaktion etwas übertrieben war. – Wenn das deine Meinung ist. – Nein, ich hätte dir das nicht sagen dürfen. – Ist schon gut.«

Es war schrecklich.

Bezeichnende Momente:

Wir schlafen miteinander. Meine Phantasien handeln häufig von Erniedrigungen. Marie-Christine ist dabei, eine junge Frau zu erniedrigen, die andere ist derart dumm, daß sie sich dessen nicht bewußt ist, ich bin anwesend, ich weiß, was Marie-Christine vorhat, ich genieße die Situation. Marie-Christine ist es scheißegal, obwohl die andere eine Woche lang ihr Haus belagern würde, nur um wenigstens an ihr schnüffeln zu dürfen. Marie-Christine wird das ausnutzen, wird ihr sagen »da du nun schon mal da bist, leg los, leck mich, es soll ja nicht umsonst sein, daß du dich hierher bewegt hast«.

Ein weiteres Element, ein Lapsus, gestern, beim Schreibprozeß, der meine sadistischen und sadomasochistischen Störungen gut beschreibt, anstelle von vaginaler Penetration hatte ich Analpenetration, vaginal geschrieben. Und sehen Sie, das Komma dazwischen, Komma, *virgule, petit verge,* kleines (männliches) Glied, es fängt schon wieder an. Als ob mein Kopf, beweglich an einem Drehpunkt fixiert, zwei ständig anwesende Gesichter hätte, stelle ich Verbindungen her, ich kombiniere, alles kommuniziert miteinander, und genau das ist es, was ich mit meiner inzestuösen mentalen Struktur meine. Die ich zu begleichen versuche, wie einen Bruch, eine Rechnung. Abschweifung über den Witz, ausgehend von der Bruchrechnung:

Wortspiel, Witz
Bei zahlreichen Anlässen bediente sich Freud des Witzes, nicht nur um sich über sich selbst lustig zu machen, sondern auch, um seiner Umgebung zu bedeuten, wie sehr er über schwärzeste Realitäten lachen konnte. Der Witz ist ein Ausdruck des Unbewußten. Ähnlich wie die menschliche Sexualität enthält er infantile und polymorphe Aspekte. Freud untersucht die Technik des Witzes und den Mechanismus der Lust, die er auslöst. Neben den harmlosen Witzen gibt es solche, die tendenziös sind und deren Motivationen aggressiver, obszöner oder zynischer Natur sind. Wenn sie ihr Ziel erreichen, helfen Witze, die wenigstens dreier Instanzen bedürfen, nämlich des Autors, seines Empfängers und des Beobachters, verdrängte Begierden zu ertragen, indem sie ihnen eine sozial akzeptierte Ausdrucksform verleihen. Freud zufolge gibt es eine vierte Motivation, weitaus schlimmer als die drei

anderen: den Skeptizismus. Witze dieser Art bringen den Un-Sinn ins Spiel und greifen weder bestimmte Personen oder Institutionen an, sondern die Sicherheit des Urteils. Sie lügen, wenn sie die Wahrheit aussprechen, und sie sprechen die Wahrheit mit Hilfe der Lüge aus. Der Witz bereitet Lust. Wenn er auf die Mechanismen der Verdichtung und Verdrängung zurückgreift, so ist dies vor allem ein Gebrauch der spielerischen Funktion der Sprache. Humor, Komik und Witz versetzen uns zurück in einen infantilen Zustand, da »die Euphorie, welche wir auf diesen Wegen zu erreichen streben, nichts anderes ist, als die Stimmung unserer Kindheit, in welcher wir das Komische nicht kannten, des Witzes nicht fähig waren und den Humor nicht brauchten, um uns im Leben glücklich zu fühlen«. Freud maß seinem Buch über den Witz, das er als einen Essay zur Psychoanalyse ansah, angewandt auf die literarische Kreativität, wenig Bedeutung bei. Das Buch wurde nicht gerade euphorisch aufgenommen, die tausend Exemplare der Erstausgabe waren erst sieben Jahre später vergriffen. Jacques Lacan war 1958 der erste, der dem Witz den Status eines Konzepts zusprach.

Einige Beispiele: Crêpes: Wie einen Crêpe herumdrehen, rumkriegen. Marie-Christine wollte Weihnachten mit mir verbringen, Nadine ruft an, drei am Telefon geweinte Tränen, und sie läßt sich rumkriegen, herumdrehen wie einen Crêpe, mit ein paar Butterflöckchen. Butterflöckchen, Vaseline, Tränentröpfchen. Anale Penetration, man dreht den Körper um. Praktisch, man steckt in einem Körper ohne Vagina und ohne Brüste, in einem Alter, in dem wir das Komische nicht kannten, des Witzes nicht fähig waren und den Humor nicht brauchten, um uns im Leben glücklich zu fühlen. Die Geschichten von Toto, immerhin Zitronen, Karotten. Hier jetzt, keine Zitronen, keine Vagina, aber die Karotte.

Anderes Beispiel: Verrückt: Ein homosexueller Mensch, der sich die Handgelenke verrenkt, verdreht, umdreht. Ich tue das häufig, mein Vater tat es. Élisabeth (Name der Frau meines Vaters): *bête*, das Tier, Grund dafür, warum ich keine Tiere mag, auch nicht die arme Baya, die Hündin von Marie-Christine. Anderes Beispiel: Die Markierung: Das Zeichen, ich bin markant gezeichnet, die Markierung und auch, die D-Mark, die Frau meines Vaters war eben Deutsche, er hegte große Bewunderung für Deutschland und seine Kultur. Ich versuche, alles einigermaßen zu ordnen, nicht zu viel Kram. Ich war an einem Punkt angekommen, von dem es kein Zurück mehr gab, die Assoziationen der Worte bedrohten mich, Ideeninzeste produzierten sich unmittelbar in meinem Kopf: grundsätzlich als Tragödie empfunden von denen, die ihn begehen. Es gibt überhaupt keine Scheidewand, alles ist miteinander in Berührung, nichts ist unberührbar. Das wird von der Allgemeinheit geächtet und durchgehend als eine der Schattenseite der Vernunft entstammende oder zum Wahnsinn führende Tragödie erlebt. Ich erfinde nicht. Das Gehirn ist nicht länger in verschiedene Teile unterteilt, es ist nicht so, daß ich, wie man so sagt, eine Schraube locker hätte, es handelt sich vielmehr um ein Haus ohne Wände, eine Art Loft, sehr angesagt, die Presse sprach über mich im September, man hört jedes Geräusch, sowohl Küchen- als auch Bumsgeräusche, sowohl Radiogeräusche als auch das Fernsehen sowie das Telefon, den Kühlschrank, der anspringt, die Türklingel, gestern um ein Uhr morgens, Marie-Christine, um mir zu sagen, daß sie mich liebt, und das Bad, nie ist man dort allein.

Lacan maß dem Witz die Bedeutung eines Signifikanten bei, daß heißt eines Zeichens, durch das eine Spur der Wahrheit auftaucht. Wie Freud hatte auch er einen bissigen Humor. Er wandte häufig die Technik der Darstellung durch das Gegenteil an, wie »die Liebe, das heißt das, was man nicht hat, einem anderen geben, der es nicht will«. Apropos vaginale Analpenetration, ich stimme hier ganz und gar den Thesen von Melanie Klein zu, die die weibliche Homosexualität als Anwendung eines sadistischen Penis betrachtet. In meinem Fall läßt sich das nicht leugnen. Ich habe keinen Schwanz, aber ich penetriere dich dennoch, anal, nicht von hinten, aber ich penetriere dich dennoch. Wir haben nichts, wir haben nichts für uns, und unser Kopf rastet aus. Rastet aus, ausrasten, ausreißen, rauskriechen, Fotzenkriecher, das heißt, Blockaden zerschlagen. Unser Kopf rastet aus, verstehst du, kriecht aus der Fotze, unser Kopf, aber wohin willst du, daß er kriecht? Nach Rom? Du möchtest gerne, daß er nach Rom kriecht? Wir haben die Tickets storniert, es gibt keinen Flug mehr, kein Hotel. Nach Sevilla? Wir haben noch zwei Wochen bis Weihnachten, du weißt ganz genau, daß wir keinen Platz mehr finden werden für diese Zeit. Nach Ägypten, die Pharaonen von Ägypten und die Mumien, es gibt keinen Platz mehr für diese Zeit.

(Meine früheren Reflexe sind auf dieser letzten Seite wieder zu Tage getreten, ich arbeite schlecht, fühle mich auch schlecht, während ich schreibe, würde ich am liebsten heulen, was unüblich ist. Ich habe Léonore versprochen, daß wir uns heute, Sonntag, »Kirikou und die Zauberin« ansehen würden. Marie-Christine ist nachts zu mir gekommen, hat geklingelt, ich war gerade eingeschlafen, um mir zu sagen, daß sie bleiben möchte. Ich habe nein gesagt. Die Zwischenphasen, um die kümmere ich mich vielleicht danach. Nach »Kirikou«. Ich habe nein gesagt. Ich habe es wiederholt. Sie hat ihre Frage mehrmals gestellt. Ich habe gesagt »du hast mich aufgeweckt«, und die Antwort heißt definitiv Nein. Das ist keine Frage von Lust oder Unlust, es geht darum, daß ich nicht will. Sie ist abgehauen, weggelaufen, sie ist geflüchtet, ihre Hündin hinter ihr her, nicht einmal angeleint. Vorher hat sie versucht, mich zu erwürgen. Sie hatte sich vor mir auf die Knie geworfen, ich hatte mich schon schlafen gelegt, ich lag im Nachthemd in meinem Bett. Sie hatte noch alles an, die Kleidung, in der sie vom Abendessen weggegangen war, und ihre Lederweste. Sie hat sich rittlings auf mich gesetzt, hat nach meiner Gurgel gegriffen, mein Hals, in ihren Händen, und mit aller Kraft zugedrückt. Ich habe ihre Handgelenke gefaßt, um sie zu stoppen. Sie hätte mich töten können. Sie hat sich neben dem Bett auf den Boden gesetzt und angefangen heftig an meinem Arm zu zerren und an ihm zu schütteln. Ich war völlig untätig, ich ließ es geschehen. Ich war fertig. Natürlich bin ich es noch immer. Sie ist fort, hat die Tür zugeknallt, ist die Treppe hinuntergestürzt, die Straße heruntergerannt, um so schnell wie möglich aus meinem Blickfeld zu verschwinden, ich stand am Fenster, ich schrie, ich glaube, ich hätte gewollt, sie würde zurückkommen, Unsinn, lächerlich, übertrieben, unverhältnismäßig, ich habe die gleiche Dosis Tabletten, die ich genommen hatte, bevor ich mich hingelegt habe, noch einmal genommen. Heute morgen fühlt sich meine Zunge aufgeschwollen, teigig an, alles ist unwichtig geworden.)

Kino mit Léonore, Sonntag morgen, der 6.

Wir sind pünktlich, aber die Schlange geht bis zur Mauer gegenüber, die Leute fragen sich alle, ob sie noch einen Platz bekommen, es sind Kinder da und Erwachsene. Alle stehen an. Ich stelle mich mit Léonore ans Ende der Schlange, es ist keine gerade Linie, es ist schwierig zu beurteilen, wer vor und wer hinter einem ist. Es sei denn, man ist als erster angekommen und hat die genaue Reihenfolge des Ankommens verfolgt. Ich nehme meinen Platz ein und rücke zusammen mit der Schlange vor. Ein Typ, um die dreißig, groß, dunkelhaarig, mit einer jungen Frau, Mulattin, und einem kleinen Kind, macht mich, sehr selbstsicher, von der Seite an »wollen Sie sich vordrängeln, oder was? Sie haben ganz genau gesehen, daß ich vor Ihnen war«. Nein, ich rücke vor, das ist alles, ich versuche in keinster Weise, ihm seinen Platz streitig zu machen, in keinster Weise. Ich habe wirklich anderes im Kopf. Die Schlange rückt erneut vor, erneut schaut er mich von der Seite an, geht leicht in die Knie, weil er groß ist, weitaus größer als ich, und weitaus kräftiger, »haben Sie es eilig, was ist los mit Ihnen?« Ich bin schon aufgrund der Nacht, die ich hinter mir habe, vollkommen fertig, sage aber schließlich zu ihm »wenn Ihnen meine Art zu gehen nicht zusagt, dann ist es bedauerlich, und es tut mir leid«. Er beschuldigt mich erneut, mich vordrängeln zu wollen, er war vor mir. Da packe ich ihn mir. Die ganze Straße hört mich, ich brülle, packe ihn am Kragen und Ärmel seines Anoraks. Ich ziehe ihn an mich heran, ich brülle »ist es so besser?« und stoße ihn nach vorn, schön, schön weit nach vorn. »Sie machen sich ja lächerlich« gibt er zurück. In der Menge herrscht allgemeines Schweigen, die Blicke, die mich treffen, wenden sich sofort wieder ab, die Münder sind mit etwas anderem beschäftigt, die Augen auch. Léonore erkläre ich, daß dieser Typ mich genervt hat und ich hoffe, daß es ihr nichts ausgemacht hat. Sie sagt nein.

(Der Film war gut.)

Als ich zu Hause ankam, hatte ich eine lange Nachricht auf dem Band.

»Ich weiß nicht, ob du weg bist oder ob du filterst. Ich möchte dich heute sehen, damit wir uns etwas geben können, bevor wir Schluß machen oder es noch einmal versuchen. Ich will nicht, daß wir vergessen, aber daß wir uns vergeben. Was wir erlebt haben, war doch trotz allem schön.« Sie war nicht zu Hause, ich habe sie auf dem Handy angerufen, sie war auf dem Tennisplatz. Sie war glücklich, als sie es klingeln hörte.

Nun gut, alles was sich zuvor abgespielt hatte, war nicht dazu angetan, so ohne weiteres zu verblassen. Der Auslöser vom 25. November ist nicht zu verwinden. Ich sprach von Ursachen, tiefgreifenden Ursachen. Näher darauf eingehen, wieder alles wachrütteln? Was bringt das? Wird es das Buch interessanter machen? Nein. Es wird das Buch nicht interessanter machen. Vor allem ist es nicht sehr höflich. Es ist nicht das Wesentliche, das Wesentliche ist, ich bin pervers, bedenkt man, wie ich die geistige Folter praktiziere. Und zwar so intensiv, daß Leute verrückt geworden sind an dem, was ich sagte, an dem, was ich zu *ihnen* sagte, daß sie dazu gebracht wurden, Leute aus meiner Umgebung, mir nahestehende Personen, dazu gebracht wurden, mir Schläge zu versetzen, mich zu beschimpfen, sehr heftig manchmal (Miststück, ekelhaftes, perverse Hure, das ist vorgekommen), mich zu würgen (zweimal, einmal in Bordeaux, und einmal sogar hier in

Montpellier), mich zu schütteln, mich zu schlagen, mich zu beschimpfen. Aber immer, bis zum Äußersten getrieben, vertraue ich ihnen, wenn sie sagen, bis zum Äußersten, sie kennen mich, kennen mich sehr gut, sie haben mich gesehen, mich gehört, bis zum Äußersten getrieben, von einer Maschine in mir, einer Verbalmaschine, einer Maschinerie, äußerst effektiv, äußerst destruktiv, äußerst hinterhältig, äußerst sadistisch vor allem, immer und immer wieder Elemente der Realität aufgreifend, treffende, die wehtun, mit einer blutrünstigen Maschinerie, die keiner zu stoppen vermag, am wenigsten aber ich. Nur der Tod eines Tages. Oder aber ein anderer Auslöser, in die andere Richtung. Aber das würde aufs gleiche hinauslaufen. Meine Devise hätte lauten können »alles kann sich jederzeit umdrehen« und »alles kann sich jederzeit zermalmen«, daher ist es logisch. Ich habe meine Homöopathin aufgesucht, es ist lange her, daß ich bei ihr war, sie hat mir Mercurius gegeben, Quecksilber, lebendiges Silber, während sie den entsprechenden Satz zitierte, »die sozialen Konventionen zerschlagen wollend oder nichts in ihnen erkennend, als das Instrument menschlicher Beziehungen, zerschlug er am Ende die Bindungen unter den Menschen selbst«, was logisch ist. Ich brauche Logisches. Es gelingt mir, man versteht glaube ich, was ich sage. In »Sujet Angot« sagt Claude an einer Stelle, er meint es als Kompliment, »dein Schreiben ist so unglaublich, intelligent, konfus, aber stets hell, zugänglich, direkt, körperlich. Man versteht nichts, und man versteht alles. Es ist intim, persönlich, schamlos, autobiographisch und universell. Du erregst ohne Tricks, ohne erregt zu sein, du veranlaßt einen mit drei Fadenenden in der Hand nachzudenken, ein Wunder logischer Desorganisation. Freiheit ohne

Chaos, Offenheit ohne Treibenlassen«. Das ist sehr nett, aber er hat's nicht ganz begriffen. Das war nicht länger Freiheit ohne Chaos, sondern das Gegenteil, auch nicht Offenheit ohne Treibenlassen, sondern das Gegenteil. Ich konnte nicht mehr. Mit meinen drei verhedderten Fadenenden. Ich habe einen kritischen Apparat vor mir, immerhin recht solide. Das »Wörterbuch der Psychoanalyse« von Roudinesco, es ist zufriedenstellend. Entspricht meinen Fähigkeiten. So, wie man das sonst auch sagt, Leute, die behaupten »das entspricht meinen Fähigkeiten«, stellen ihr Licht unter den Scheffel, und genau das mache ich auch, ich beanspruche überhaupt kein Spezialwissen, ich habe meine Grenzen, ich bin eine Versagerin, ich versuche logisch zu sein, einfach, und mich möglichst vielen Menschen verständlich zu machen. Wenn alle es genauso machen würden, gäbe es diesen ganzen Müll nicht. Viele Schriftsteller versuchen dort zu furzen, wo sie keinen Hintern haben, was nicht sehr höflich ist.

DAS VALDA-BONBON

Was ist das, ein Substrat? Substrat kommt von *substernere*, unterlegen. Es dient als Basis einer anderen Existenz, ohne die eine Wirklichkeit (verstanden als Akzidenz) nicht länger bestünde. Ohne die der Auslöser nicht all diese Konsequenzen hätte. Es ist die Substanz, die Essenz, der Grund. Auf dem sich eine Handlung realisiert. Quenau, »ein solides Substrat zur Entwicklung der Handlungen, die es erzeugen konnte«, Renan, »die Erde bringt das Substratum hervor, das Feld des Kampfes und der Arbeit, der Mensch bringt die Seele hervor«. Die Erde, dieses Element, auf dem eine geologische Schicht liegt. Sprachtheoretisch, das gallische Substrat im Französischen. Das Substrat. Was für Zonen gibt es? Wie ist der Boden? Worauf wächst es?

Erbanlagen:

Eine Großmutter, die Mutter meines Vaters, die Selbstmord begangen hat. Sie hat sich in dem Moment aus dem Fenster gestürzt, als ihr Ehemann und ihr Sohn, der Bruder meines Vaters, die Treppe hinab in den Hof stiegen, um einen Sonntagsspaziergang zu machen. Mein Vater leidet an Alzheimer, wie sein Vater auch. Ich leide an der entgegengesetzten

Krankheit, seit bald zwei Wochen, am Mittwoch genau zwei Wochen, gelingt es mir nicht, Weihnachten aus dem Sinn zu bekommen, ich habe täglich wegen Weihnachten weinen müssen. Es gelingt mir nicht, Weihnachten zu vergessen. Ich weine, ich kann nicht vergessen, ich möchte, aber es gelingt mir nicht. Ich habe geweint, ich habe einen Bruch hinter mich gebracht, ich habe mich würgen lassen, ich habe mich selbst geohrfeigt. Weihnachten Weihnachten Weihnachten. Gedächtnisstörungen, daran leide ich nicht. Ich leide nicht an Amnesie, ich leide viel eher an, falls es so etwas geben sollte, exzessiver Mnesie, zu exzessiv. Weihnachten Weihnachten Weihnachten. Ich habe eine Tochter von sechseinhalb Jahren, »immer mußt du Léonore ins Spiel bringen«. Nadine ist nur ein Vermittler, Weihnachten ein Auslöser. Ich will nicht, daß die rechtmäßige Familie über die schwache siegt, der Paranoiker kann gewisse Dinge nicht dulden, ich ertrage nicht, daß Marie-Christine nicht genug Liebe zu mir aufbringt, um sich zu wünschen, daß mein Kind zusammen mit ihr schöne Weihnachten verbringt. Soll sie doch Weihnachten mit ihren Patenkindern feiern. Mein Kind alias mein Fleisch alias mein Körper, das, was ich bin, mein Leben, was ich erlebt habe, was macht, daß Weihnachten, Weihnachten, Weihnachten, Weihnachten.

Und nun: die Fehler, die ich begangen habe, die Dinge, von denen ich mich niemals erholen werde, nicht länger nach dem Wie ordnen, sondern nach dem Warum, »zu etwas anderem übergehen«, niemals werde ich zu etwas anderem übergehen, die Ursachen, das Leid, dort, wo es am tiefsten ausgeprägt ist, ich werde höflich sein, weil das eben letztendlich sehr, sehr höflich macht. Das nimmt einem alle Aggressivität, allen wahren Haß, der Haß, den man ab und an zeigt, ist Mumpitz, er ist falsch, ist gespielter Haß. Ist ein Täuschungsmanöver. Ich werde versuchen, es Ihnen zu erzählen. Wie ich im Moment versuche, mit Marie-Christine zu reden, um zu sehen, ob das in irgendeiner Form fruchtbar sein könnte. Ich versuche es Ihnen zu erzählen, ich gehe darauf ein, Wortspiele wird es dann keine mehr geben, Haß wird es dann keinen mehr geben, nichts wird es dann mehr geben, literarische Ausformulierungen wird es dann keine mehr geben, vielleicht wird es keine Literatur mehr geben, es wird nichts mehr geben; nichts, nichts, nichts wird es dann mehr geben. Nur Erinnerungen wird es geben, jede Erinnerung wird eine Zerreißprobe des Schreibens sein. Erinnerung, Buch der Erinnerung. Ich erinnere mich. Ich erinnere mich an Ricola Kräuterbonbons, an Kréma-Bonbons, aber auch an etwas anderes. Ich erinnere mich an Vittel, aber auch an etwas anderes. Ich erinnere mich an den Park, aber auch an etwas anderes. Kinderschaukel, Narbe auf der Stirn, nah der Augenbraue, zu Tode erschrocken die Mutter, aber auch an etwas anderes. Ich erinnere mich an Marie-Hélène, den weichen Sand, an meinen Wickelrock aus Tweed mit Ledersaum, an Nuts, an Mars, an Americanos, wenn wir in Reims das Schwimmbad verließen, aber auch an etwas anderes. Ich erinnere mich an meinen grünen Rock mit Trägern, an meine Schubkarre, meinen Freund Jean-Pierre, an Chantal, meine Nachbarin, an Großmama, an die Kaninchen und Küken bei der Familie Ligot, die Kréma-Bonbons, Himbeere am liebsten, Erdbeere am zweitliebsten, Zitrone am drittliebsten, und dann Orange. Ich erinnere mich an die Kekse mit Nüssen und an viele andere

Leckereien, ich erinnere mich an Doppelschaukeln, usw., usw., aber auch an etwas anderes.

An was?

Na los, spuck's aus, dein Valda-Bonbon.

Ich war so froh ihn kennenzulernen. Als ich ihn das erste Mal gesehen habe, war es weitaus großartiger als ich mir erhofft hatte. Und dann, eine Woche später, länger nicht, ich versichere Ihnen, länger nicht, war es eine Enttäuschung, wie ich sie mir nie vorgestellt habe. Großartiger als ich mir erhofft hatte, und eine Woche später eine Enttäuschung, wie ich sie mir nicht einmal habe vorstellen können, nicht einmal. Ich habe ihn in Begleitung meiner Mutter in Straßburg kennengelernt, im Bahnhofsrestaurant, ich fand ihn so klasse. Ich, die ich keinen Vater hatte, den ich meinen Freundinnen hätte vorstellen können, plötzlich konnte ich hingehen und ihnen erzählen, wie großartig er war. Ich war betört. Nicht, daß ich irgendwelche Begierde nach ihm verspürte, das mitnichten. Betört. Wie man es sein kann, wenn man jemanden sehr liebt. Ich fand, daß er intelligent war, interessant, von einer so weit über dem Durchschnitt liegenden Bildung, wirklich außergewöhnlich. Die Väter meiner Freundinnen konnten dagegen einpacken und nach Hause gehen (das ist kein Witz, das ist nicht frivol und impertinent, wie ich es gesagt habe). Er, er sprach dreißig Sprachen, er war elegant. Ich möchte nicht ins Detail gehen, kurz und gut, meine Hoffnungen waren übertroffen. Bei weitem. Ich habe es meiner Mutter gesagt, die sich geschmeichelt fühlte, sie hat zu mir gesagt »du siehst, ich bin nicht los und habe für dich den Erstbesten genommen«, als Vater. Ich setzte noch einen drauf und sagte »also, nein, das wirklich nicht«. Und eine Woche später verbrachten meine Mutter und ich ein paar Tage in Gérardmer, in einem Hotel, da kam er uns dann besuchen. Abendessen, Spaziergang um den See, schlafen gehen. Er kam in mein Zimmer, um gute Nacht zu sagen, und da küßte er mich auf den Mund. Schon allein das, die Entdeckung des Kusses auf den Mund, und dann tat er es mir an. Ich verstand es nicht, ich verstand es sehr gut, ich glaubte es nicht. Ich habe mich wirklich gefragt. Er liebte mich, er sagte, daß er mich liebte. Es tut mir leid, Ihnen das alles erzählen zu müssen, ich würde Ihnen so gerne etwas anderes erzählen können. Aber genau das ist es, warum ich verrückt geworden bin. Ich bin mir sicher, es liegt genau daran, daß ich verrückt geworden bin. Das ist die Ursache. Innerhalb einer Woche bin ich weg vom Idealbild eines Vaters, und sogar weit mehr als nur dem Idealbild, unverhofft, wie ich es mir nie hätte vorstellen können, und er war mein Vater, und er liebte mich, und wir sahen uns ähnlich, und er war glücklich, er fand mich außergewöhnlich, er mich auch, auch er, auch er war hingerissen. Darin lag ein so unglaubliches Versprechen. Nein, ich wiederhole es Ihnen, niemals hatte ich auch nur die kleinste Begierde nach ihm verspürt, nein, ich wiederhole es für Sie. Niemals. Ich kenne sie, die Begierde, trotz allem. Lust, ja, Lust war mit im Spiel, ich leugne es nicht. Aber Begierde niemals. Ich wollte ihm gefallen, sicher. Es tut mir leid, daß über all das geredet werden muß. Leid. Warum darüber reden? Nun, weil ich mit Marie-Christine darüber geredet habe, und sie denkt, daß es gut ist. Ich hoffe, nicht weil es sie erregt, sie sagte zu mir, nein, im Gegenteil, es würde ihr wehtun. Es zerreißt mich, darüber zu reden. Wenn ich mit ihr darüber rede, zerreißt es mich, glücklicherweise liege ich in ihren Armen, wäre es nicht so, könnte ich es vielleicht gar nicht. Ich sollte so etwas nicht schreiben. Und ich sollte nicht mit ihr darüber reden. Das wird bei ihr wie bei Ihnen das Gleiche auslösen, Mitleid, Sie werden mich nicht mehr lieben können, weder sie noch Sie. Sie wird mich nicht mehr lieben können. Wir werden nicht mehr miteinander schlafen können. Sie werden mich nicht mehr lesen wollen. Was soll's, ich glaube, daß ich das Risiko eingehen muß. Man mag die Leute nicht, die gelitten haben, man bedauert sie, man mag die Verrückten nicht, man bedauert sie. Man will keine Irrenanstalt in der Nachbarschaft haben. Das ist normal, ich verstehe das gut. Ich bin da nicht anders. Ich bin ein armes Mädchen, in ein armes Mädchen verliebt man sich nicht. Man hat keine Lust, mit einem armen Mädchen zu schlafen, es sei denn, man ist pervers. Oder etwas anderes?

Ich habe es niemandem erzählt. Niemandem. Niemand wußte es. Können Sie sich das vorstellen? Vom vierzehnten bis zum sechzehnten Lebensjahr. Habe ich von meinem Vater in der Schule erzählt. Von allen Aspekten, auf die ich stolz sein konnte, Intellektuelles, Bildung, Kultur, ich machte sie mir zu eigen, manchmal gab ich sie weiter. Vor allem erzählte ich meiner Freundin Véronique davon. Was ich am Wochenende gelernt hatte, erzählte ich ihr. Es interessierte sie, faszinierte sie. All die Aspekte, auf die ich stolz war. Um so stolzer, da ich vierzehn Jahre lang niemandem von meinem Vater erzählt hatte, niemandem. Es gab Dinge, die ich verborgen hielt, auf die ich nicht stolz war, aber auch solche, über die ich reden konnte.

Im Moment sage ich mir wieder, schweig. Wenn ich rede, wird es schlimmer als vorher: Es tut gut, zu reden, wird man mir sagen. Ich verabscheue es, dies geschrieben zu haben. Ich verabscheue Sie. Ich hasse Sie. Ich will nicht wissen, was Sie denken. Ich weiß, was Sie denken. Immer das gleiche, und alle gleich. Kälber und ich hasse Sie. Entweder reden oder die Klinik. Ich bin gezwungen. Entweder die Klinik oder mit Ihnen reden. Zu Ihnen. Schreiben ist eine Art Schutzwall gegen den Wahnsinn, ich habe ja schon ein Wahnsinnsglück, Schriftstellerin zu sein, wenigstens diese Möglichkeit. Das ist wenigstens schon mal was. Dieses Buch wird als ein beschissenes Zeugnis abgetan werden. Wie aber anders vorgehen? Oder was anderes? Die Kréma-Bonbons mit Orangengeschmack, aber auch:

Der Codec-Markt, Le Touquet, die anale Penetration, das Auto, ihn im Auto lutschen, ihm Clementinen vom Schwanz, steif, abessen, ihn auf der Toilette sehen, ihn stoßen hören, die Pharaonen Ägyptens, Champollion, der Tag, an dem wir nicht nach Carcassonne gefahren sind. Ich werde es in dieser Reihenfolge versuchen. Nancy.

Codec

Es war nichts mehr da. Ich habe ihn mit vierzehn kennengelernt, vom vierzehnten bis zum sechzehnten Lebensjahr ist es passiert. Ohne daß ich aufgehört hätte zu bitten aufzuhören. Jedes Mal. Am Telefon, vor jedem Treffen, jedes Mal. Jedes Mal sagte er ja. Jedes Mal war es nicht möglich. Wie bei Marie-Christine, jedes Mal mache ich telefonisch Schluß, sobald ich sie wiedersehe, ist es nicht mehr möglich. Aber zwischen uns ist es nichts Verbotenes, wie sie mir gesagt hat. Zum Glück. Es war Donnerstag abend (10. Dezember), ich habe ihr geantwortet »zum Glück, zum Glück«. Es hat aufgehört als ich sechzehn war, ich hatte es Marc gesagt, der hatte es meiner Mutter gesagt. Es hat aufhören können. Von meinem sechzehnten bis achtzehnten Lebensjahr haben wir uns geschrieben. Er hat mir in seinen Briefen Vorhaltungen gemacht, wegen des Dolchstoßes, den ich ihm versetzt hatte. Als ich achtzehn war, hat er aufgehört, mir zu schreiben und meiner Mutter Geld zu schicken, weil ihn von Gesetz wegen nichts mehr dazu verpflichtete, hätte meine Mutter etwas in die Wege geleitet. Sie hätte es sowieso nicht gemacht. Dann kam Pierre, dann Claude, dann die Analyse, dann habe ich geschrieben. Ich wollte ihn wiedersehen. Um endlich eine normale Vater-Tochter-Beziehung zu beginnen. Ich habe ihn in Nancy aufgesucht. Er hatte mir versprochen, er hatte mir hundertprozentig garantiert, daß nichts passieren würde. Ich habe noch seinen Blick vor Augen, in einem Café, er hatte mich gerade am Bahnhof abgeholt, später, am Wochenende hatten wir uns »Der Mann, der weint« von Jacques Doillon angesehen, ein Film, den ich schon einmal gesehen hatte, den ich geliebt hatte, ich wollte ihn noch einmal mit ihm zusammen sehen, ich dachte, daß er ihm genauso gut gefallen würde wie er mir gefallen hat. Aber nein, er hat nicht verstanden, was ich zum Ausdruck bringen wollte. Jedenfalls habe ich noch dieses Café vor Augen, es gab einige Stufen, die in den Gastraum hinunter führten, ich habe noch vor Augen, wie ich am Tisch sitze, ihm gegenüber. Und vor allem habe ich ab einem bestimmten Moment wieder seinen Blick vor Augen. Der ein Blick der Begierde war, und ich sagte mir »es hat wieder angefangen«. »Er wird nicht halten, was er versprochen hat«, oder aber, schlimmer noch, ich wußte in dem Moment, daß es unerträglich werden würde, daß er mir seine Begierde zeigen würde, daß er es nur zurückhielt, um mir zu gefallen. Das Hotel, zwei Zimmer, der Moment des Abschieds, und los. Es ging wieder los. Und genau in diesem Moment habe ich mich entschlossen, mich umzudrehen, meinen Körper umzudrehen, mich umzudrehen, ich mich selbst. Warum? Um endlich als Frau angesehen zu werden, nicht als ein Hintern, ein Arschloch, Butterflöckchen auf dem umgedrehten Crêpe, dem rumgekriegten, Vaseline, ich war nicht nur ein Hintern, ich habe von diesem Augenblick an die Macht übernommen. Mit dieser Geschichte, und jetzt habe ich sie (sozusagen). Anfangs war ich unten, ich war unterlegen. Vorzuschlagen, mich selbst umzudrehen auf die richtige Seite, ich schrieb bereits, ich hatte bereits angefangen. Die Macht zu übernehmen, überlegen zu sein. Und nun habe ich sie. Er hat den Kopf verloren, Alzheimer. Ich bin dem Inzest überlegen. Die Macht, der sadistische Penis, es ist vollbracht, dank des Stiftes in meiner Hand, ganz bestimmt, gründlich. Unterlegen, überlegen, sehr gut. Im Augenblick rede ich mit Marie-Christine, ich schreibe, und ich werde darüber mit Moufid Zériahen reden. Ich schreibe nicht mehr so wie vorher. Ich bin nicht mehr darauf aus zu attackieren, niemanden. Wenn ich sage »wer das liest, der kann mich mal«, dann deshalb, weil ich so gerne etwas anderes zu erzählen gehabt hätte. Als das. Schreiben heißt nicht, sich seine Geschichte auszusuchen. Sondern sie zu nehmen, in die Arme zu schließen und sie ganz ruhig auf die Seite zu bringen, so ruhig wie eben möglich, so genau wie möglich. So, daß er sich umdreht, noch in seinem Grab, wenn sein Grab mein Körper ist. Wenn er sich noch immer umdreht, dann deshalb, weil ich nicht tot bin. Ich bin verrückt, aber nicht tot. Ich bin auch nicht vollkommen verrückt. Sie in die Arme schließen, so wie sie ist, es hätte mich eher interessiert, ein anderes Sujet in meine Arme zu schließen, man hat mich aber nicht gefragt. Das kann einen Schriftsteller das ganze Leben kosten, etwas in die Arme zu schließen, was niemanden etwas angeht. Daher diese Inschutznahme, die man mir bitte nicht verübeln möge, ein Bedauern, ein letztes, es nicht gekonnt zu haben, andere Bücher zu schreiben als diese hier, sehr wohl darüber im klaren, wie Sie reagieren werden und auch darüber, daß mich Ihre Reaktion leiden lassen wird. Ich schweife ab, ich bin vom Codec ausgegangen, um zu erklären, warum zum Zeitpunkt des Codec »nichts mehr« da war, mußte ich etwas ausholen. Es handelt sich hier nicht um einen logischen Gedankenfehler, nein, ganz im Gegenteil. Ich werde dazu kommen. Sie werden sehen, ich bin sehr, sehr höflich, ich habe keine andere Wahl, ich habe keine andere Wahl mehr, überhaupt keine. Ich habe versprochen, daß ich bestimmte Dinge schreiben würde, also werde ich es auch halten. Sie werden sehen, ich werde bis zum Ende gehen. Wie ich verrückt geworden bin, Sie werden es verstehen, hoffe ich. Und wenn das nicht reichen sollte, dann werde ich eben noch weitere Bücher schreiben. Haufenweise weitere. Und am Schluß werden alle Leser es verstanden haben. Das wird mich vielleicht bis zu meinem Tod in Anspruch nehmen, aber am Schluß werden Sie alle verstanden haben, wie ich verrückt geworden bin. Alle. Ich verspreche Ihnen das, das ist ein Versprechen. Es wird gehalten. Es handelt sich hier nicht um eine Abschweifung seit Beginn des Kapitels Codec. Ich hätte das sonst in Klammern gesetzt. Es handelt sich nicht um eine Abschweifung, ich komme dazu. Also. Nancy. Ich komme vielleicht darauf zurück. Es ist mir keine besondere Freude, darüber zu reden, mir, der das Wort immer eine solche Freude bereitet hat. Ein solches Vergnügen. Ich höre es bereits, ich kann es schon lesen: Christine Angot, der Schmerz, der Schmerz zu schreiben, nicht das Vergnügen. Daher: kann mich mal. Also. Nancy, es geht wieder los, für eine gewisse Zeit, eine kurze Zeit. Zum Glück. Krönender Abschluß, Schwanengesang, Energie der Hoffnungslosigkeit, Tropfen, der das Faß zum Überlaufen bringt. Wie man so sagt. Ein oder zwei Besuche in Nizza, und dann war Schluß. Ich werde erklären, wie. Ich werde auf alle Fälle alles erklären. Alles. Wie ich verrückt geworden bin nach NC, der Auslöser, ich hoffe, daß man nicht länger zu mir sagen wird, das ist unverhältnismäßig, übertrieben, lächerlich, der Tropfen hat das Faß schon längst zum Überlaufen gebracht, das ganze Faß. Der kleinste Tropfen, der noch kommt, überflutet diejenigen, die schon aus dem Faß geronnen sind, die eine Pfütze bilden am Fuß des Fasses, da ist kein Platz mehr, wirklich kein Platz mehr, überhaupt kein Platz mehr, gar keiner, um zu verstehen, daß »nein, Weihnachten werde ich mit meinen Patenkindern verbringen, meiner Familie, das ist doch normal, jeder macht das so, Weihnachten heißt Familie, das ist doch normal, jeder versteht das, jeder versteht mich, daran wird sich nichts ändern, nur weil du jetzt plötzlich da bist, nur weil du jetzt plötzlich da bist, soll ich alle und jeden fallenlassen?« Nein, laß niemanden fallen. Geh und verbring Weihnachten mit deiner Nadine, und deine Nadine, fick sie einfach. Ich habe versprochen, daß ich höflich sein würde. Ich werde es sein. Es liegt daran, daß ich wieder daran gedacht habe. Ich werde mich beruhigen. Verrückte beruhigen sich auch wieder. Sie regen sich auf, sie durchleben momentane Anfälle, schrille Momente, und dann beruhigen sie sich auch wieder. Es fängt immer wieder an, und dann beruhigen sie sich auch wieder. Sie durchleben momentane Anfälle. Aber das ist nicht schlimm. Immer genau dann, wenn nicht einmal mehr das Faß selbst überlaufen kann. Es ist nicht nur randvoll, es ist bereits selbst völlig überflutet, das Faß selbst. Das Faß selbst ist bereits überflutet. Es ist selbst ertränkt, dieses Faß. Wenn Sie ihm eine Schöpfkelle Weihnachten hinzufügen, Patenkinder, uralt, Familie und Gespenster, eine Schöpfkelle »Chambord«, Nuttenkino, o.k., das nehm ich wieder zurück, Taschenkino in diesem Fall, was man realisiert oder auch nicht, Catou, und eine Schöpfkelle »das macht man immer so«, und »das ist ein Ritual«, und eine Schöpfkelle »nur weil du da bist, soll sich daran etwas ändern«, vor allem das, das löst einen Anfall aus. Ich werde mich beruhigen. Warten Sie bitte einen kleinen Moment, ich werde mich beruhigen. Sie können mir da vertrauen, ich weiß es, es genügt, daß Sie ein ganz klein wenig Geduld aufbringen. Ich werde mich beruhigen. Ich gehöre zu den Menschen, die höflich sind. Wie meine Mutter gestern zu mir sagte »als du vierzehn warst, warst du nett«, »vertrauensselig«, und »man konnte dir Leid zufügen«, »du warst vertrauensselig, weil man dir niemals Leid zugefügt hatte«, »und deshalb konnte man dir Leid zufügen«. Ich war nett, dank ihrer, die mir niemals Leid zugefügt hatte, sie, ja sie. Ich mag es nicht besonders, wenn man so etwas zu mir sagt. Was soll das auch heißen? Daß ich danach nicht mehr nett gewesen bin? Daß ich zu einem sadistischen Penis geworden bin, ist es das? Was es heißen soll? Ist es das? Oder etwas anderes? Wie? Kréma-Bonbons? Kréma-Bonbons, aber auch etwas anderes. Etwas anderes, aber was? Gestern hat sie zu mir gesagt »glaubst du, daß es besser gewesen wäre, du hättest ihn nie kennengelernt?« Habe ich etwa Zeit, Fragen wie diese zu beantworten? Habe ich die Zeit? Ich müßte ja zusätzlich auch sie beschwichtigen, sie beruhigen. Wir müßten darüber sprechen, ob sie gut daran getan hat, mich mit ihm in Kontakt zu bringen. Mich interessiert diese Frage nicht. Diejenigen, die die Antwort lesen werden, können mich mal. Ja, warum denn auch nicht geradeheraus fragen: Glaubst du, daß es besser gewesen wäre, nicht die zu sein, die du geworden, bist? Warum? Warum nicht geradeheraus genau diese Frage stellen? Glauben Sie, Christine Angot, es wäre besser gewesen, Sie wären nicht die, die Sie sind? Sondern etwas anderes. Glauben Sie, Christine Angot, es wäre besser für Sie (und damit natürlich auch für uns, selbstverständlich) gewesen, Sie hätten andere Bücher schreiben können, vielleicht weniger negative? Vielleicht Bücher mit etwas mehr Licht? Glauben Sie, es wäre besser für Sie gewesen, Sie wären ein Kréma-Bonbon? Mit Erdbeergeschmack, Himbeer-, Zitronen-, Orangen- oder Clementinengeschmack? Weil Sie immer, Sie, die Öffentlichkeit, Sie, die Kritik, im allgemeinen, weil Sie die Welt niemals anders beschreiben können als unter dem Gesichtspunkt von plus-minus, gut-gemein, Bonbon-gehässig, intelligent-dumm, Mann-Frau, schwarz-weiß. Ich antworte darauf, ich sage es Ihnen geradewegs ins Gesicht, ich antworte darauf Folgendes: Seien Sie höflich. Gut, ich mache weiter. In Nizza war dann Schluß, nach ein oder zwei Besuchen, ich war bereits erwachsen, sechsundzwanzig Jahre alt. Es war definitiv zu Ende, unter welchen Umständen, kann ich jetzt nicht sagen, dazu fehlt mir die Zeit. Aber ich werde es noch tun. Das mit dem Codec geschah nach dem Ende. Es ging darum, eine normale Beziehung zu etablieren.

Mein Halbbruder und meine Halbschwester wußten inzwischen von meiner Existenz, sie hatten ihr Abi bestanden, also war ihr schulischer Werdegang nicht mehr in Gefahr, man konnte ihnen sagen, daß es mich gibt. Ich war achtundzwanzig. Claude und ich hatten uns entschieden, für ein paar Tage nach Straßburg zu fahren. Élisabeth war zunächst noch da, später dann nur noch mein Vater und Philippe, mein Halbbruder. Meine Halbschwester, die ich zwei Wochen zuvor bei mir in Nizza zu Besuch hatte, war für die Ferien bei einer Freundin in Tunesien. Bei der Tochter einer Freundin ihrer Mutter, Élisabeth. Claude und ich schliefen in ihrem Zimmer. Ich erspare Ihnen die Besichtigung der Wohnung. Den Empfang. Ich erspare Ihnen auch die Quiche. Élisabeth ihrerseits reist irgendwohin ab, in die Ferien. Keine Quiche mehr, gar nichts mehr da. Der Kühlschrank ist leer. Claude und ich schlagen vor, einkaufen zu gehen. Mein Vater erklärt uns, daß beim Codec ein Konto eingerichtet ist, um anschreiben zu lassen. Er nennt uns den Codec, er erklärt uns, wie man dorthin kommt, wo er sich befindet. (Er weiß, daß Claude es weiß, nicht weiß, wo sich der Codec befindet, aber es weiß, ich hätte das schon vorher sagen sollen, das wäre logischer gewesen.) Er sagt zu uns, ihr kauft auf das Konto Angot ein. Es genügt also, an der Kasse zu sagen, das geht auf das Konto von Angot? Ja, genau. Es genügt, das zu sagen. (Ich heiße Angot, seit ich vierzehn bin, seit er mich anerkannt hat, nach dem Vaterschaftsgesetz von 1972, zuvor hieß ich Christine Schwartz, aber das wissen Sie vielleicht, ich habe das in fast all meinen Büchern erwähnt; oder Sie waren nicht sehr aufmerksam.) Gut, wir erledigen also die Einkäufe, ich habe uns noch vor Augen, Claude und mich, in diesem Codec. Mouchi hatte mir im Juli erklärt, das sei ihr Kindheitstraum gewesen sei, bei Codec Einpackerin zu sein, sie liebte es, Sachen zu verpacken. Humor, wie niedlich Kinder aber auch sind. So niedlich, bedenkt man die soziale Schicht, das ist wirklich zu niedlich. Ob es in Tunesien, wo sie ihre Ferien verbringt, einen Codec gibt? Wie man so sagt, Spaß beiseite. Ich habe noch vor Augen, wie wir die Einkäufe erledigen, einen Wagen füllen und an der Kasse ankommen. Wir legen die Sachen aufs Band und ich sage deutlich »auf das Konto von Angot, bitte«. In diesem Moment mischt sich irgendeine Nachbarin, irgend so eine Tante hinter uns, eine Freundin von Élisabeth, eine Gutbürgerliche wie sie, Tennisspielerin wie sie, bestimmt eine Freischaffende oder Intellektuelle, die für internationale Organisationen arbeitet, wie sie, mischt sich einfach ein (wie sie), und sagt (wie sie) »aber Sie gehören nicht zur Familie Angot, wer sind Sie?« Und ich antworte auch noch, so blöd wie ich zu dieser Zeit eben war »ich bin seine Tochter«. Sie antwortet darauf, daß sie Élisabeth sehr gut kennt, und auch die Kinder sehr gut, daß ich, es täte ihr leid, weder Philippe noch Mouchi sei, daß sie sie kenne, daß sie sie, wie es der Zufall will, kennt, daß ich kein Glück habe, daß sie in der Reihe hinter mir steht, und daß es nicht in Frage kommt, daß ich mit meinem Freund die Familie Angot so einfach betrüge. Der Zufall will, daß sie da ist. Daß nicht. Ich werde das nicht können. Wir packen also die Tüten. Sehr schnell, wir packen alles in Tüten, sehr schnell. Ich kann diese Tante nicht mehr hören. Die Patenkinder kennt man, die Patenkinder, und zwar seit langem, aber Léonore, sie hat man noch nicht zu Gesicht bekommen, wo es nicht einmal ein Jahr her ist, was heißt hier nicht einmal, genau ein Jahr. Wir laufen mit unseren Tüten zum Auto, ich will nicht vor ihnen weinen, vor den Leuten aus dem Geschäft. Also laufen wir bis zum Auto, wie die Diebe. Wir laufen genau wie die Diebe. Wir schlagen die Türen zu und ich weine. Aber der Geschäftsführer, der in der Zwischenzeit informiert wurde, kam aus dem Geschäft geeilt, lief uns bis zum Auto hinterher und schlägt gegen die Scheibe der Fahrerseite. Ich sage zu Claude, schnell, fahr los. Er fährt schnell los, sehr, sehr schnell. Zum Glück. Wir kommen bei meinem Vater an, er telefoniert mit dem Geschäftsführer. Er glättet die Wogen. Er sagt, daß er diese Frau kennt, aber daß sie nicht die ganze Familie kennt, nein, alles ist in bester Ordnung, er beschwichtigt den Geschäftsführer. Er sagt zu mir, daß es nicht schlimm ist, daß alles in bester Ordnung ist.

Ich bin achtundzwanzig, niemand im Ort weiß, daß er ein weiteres Kind hat außer den beiden anderen, ein zusätzliches Kind, eine ältere Tochter, mich, daß ich mich entschlossen hatte, Angot zu heißen, wie er. Apropos Anerkennung, etwas, das mir auf dem Herzen liegt:

Pech gehabt

Gestern, ein Gespräch mit meiner Mutter, ich rede von dem, was passiert ist. Sie stellt mir ihre Frage, »wäre es besser gewesen ...?« Aufgrund einer Aussage seiner Schwester am Telefon, die sie schockiert hat »er handelt sich schon wieder Ärger ein, als ob er nicht schon genug Scherereien hätte, wird er so ohne weiteres noch ein Kind haben«. Meine Mutter denkt an das Baby, das so unschuldig geboren wird. Meine Tante, wiederholt sie, das Leid, das sie erfahren hat, ich erkläre ihr, das sei typisch für meinen Vater, der ich weiß nicht was für ein Leid erfahren haben muß, um nun seinerseits wieder die überlegene Stellung einzunehmen und am Ende der Rechnung den Kopf zu verlieren. Meine Mutter dazu: und ich werde dir etwas sagen: Pech gehabt. Nein, nicht Pech gehabt. Ich erkläre. Ich empfinde weder Haß noch Liebe. Sie glaubt zu verstehen und sagt zu mir »ja, ja (und meint damit ›wie bei mir‹) die Gleichgültigkeit«. Nein, weder Haß noch Liebe noch Gleichgültigkeit, er ist mein Vater, weder Verzeihen noch Gleichgültigkeit noch Liebe natürlich: Anerkennung. Na bitte, das ist es, Anerkennung. Er hat mich nicht anerkannt, nicht erkannt, aber ich erkenne ihn an. Er ist mein Vater, ich erkenne ihn an. Ich erkenne an, daß er mein Vater ist. Er ist mein inzestuöser Vater, ich erkenne ihn an. Ich bin seine inzestuöse Tochter, er ist mein inzestuöser Vater, ich erkenne ihn an, er hat mich nicht anerkannt, nicht erkannt, aber ich erkenne ihn an. Léonore ist seine Enkeltochter, sie hätte seine Tochter sein können, es reicht.

Abschweifung, ich erzähle Ihnen einen Traum

Léonore ist seine Enkeltochter, sie hätte seine Tochter sein können, es reicht. Uff. Und genau das habe ich jetzt geschrieben. Und jetzt der Traum, den ich letzte Woche hatte. Kurze Rückblende. Claude und Judith, die Tochter meines Psychoanalytikers aus Reims, Jean-Claude Brot, es ist lange her, länger als fünfzehn Jahre, Claude und Judith, blond, ungefähr fünfundzwanzig Jahre alt, sie fühlen sich voneinander angezogen, sie haben es angesprochen, es ist eine Frage der Zeit. Ich war mir dessen sicher, sobald ich erfahren hatte, daß sie in Montpellier studiert, Medizin, wie Papa möchte auch sie Psychoanalytikerin werden, sie hat Claude getroffen, sie liest meine Bücher, sie weiß, wer ich bin, ich habe ihren Vater als Analytiker strukturiert, ich war seine wichtigste Patientin. Es wird gleich deutlicher. Das neue Jahr rückt näher, sie fühlen sich zueinander hingezogen, angeblich sagt sie zu ihm »starke Sachen«. Wenn sie jedoch ein Gefühl empfindet, verdrängt sie es. Das ist eines ihrer Probleme. Aber auf meinem Rücken kommt man sich sehr bald näher. Auf dem Rücken meiner Leiche bereitet man sich Inzestschauder. Ich habe Schüttelfrost, ich bebe. Das ganze ähnelt einem einzigen In-sich-Hineinstopfen von Schmelzkäse, was einen direkt aufs Klo zwingt, mit dem Bedürfnis zu kotzen. Ich habe vor einigen Tagen geträumt, daß Claude und Judith ein Kind haben, das Inzestkind wird also in unreiner, abgeleiteter Form existieren. Ja, ja, Vergleiche hinken immer. Ja, ja. Ja. Ja ... Eben nicht Pech gehabt, nein, eben nicht Pech gehabt. Ich lebe die Abstoßung des Monsters, ich begnüge mich nicht damit, sie zu beschreiben. Ich lebe sie, und zwar häufig nachts. Ich habe einen miesen Tag hinter mir. Ich nutze das, um Jean-Claude Brot zu sagen, daß er mich gegenüber seinen Kindern nicht erwähnen soll, falls er dieses Buch liest. Das ist ein großer Fehler. Selbst »die junge Frau« zu sagen, hat nichts daran geändert, daß sie mich wiedererkennen konnten, ei, sieh da. Er mußte in Arbeitsgruppen über meinen Fall sprechen, um damit zurechtzukommen. Eigentlich sollte er mir meine Analyse zurückerstatten, wo er alles verpfuscht hat, Klatschtante. Ich bin kein Diskussionsgegenstand. Auch kein Erregungsgegenstand. Ich habe erwogen Sie anzurufen, Monsieur Brot, aber ehrlich gesagt kann ich nicht mein ganzes Leben damit verbringen, all diejenigen zu erfassen, die Dummheiten anstellen. Ich würde in einem Meer aus Schlamm enden. Ich schreibe, das soll genügen. Mein Ehrgeiz: schreiben, wie sehr ich begrenzt bin, nur das. Ich höre Sie bis hierher: also das, Christine Angot, zwingt man Sie nicht zu sagen. Ganz genau.

Pech gehabt
Kréma-Bonbon, Park, Schokoladenkekse mit Nüssen, und zwar ganzen, Rue Grande, mein Freund Jean-Pierre, Chantal Ligot, mein Schubkarren, unser Geschäft, das wir im Keller aufgemacht hatten, nicht im Keller, in einer Art verlassenem Haus nebenan, mit zerbrochenen Fensterscheiben, das Türmchen, die große Holztür, die niemand zu öffnen vermochte. Aber auch an etwas anderes. Späteres. Von dem Augenblick an, da ich Angot hieß. Glaubst du, daß es letztlich besser gewesen wäre, wenn du dich nie Angot genannt hättest? Philippe Sollers: *Angot*, im achtzehnten Jahrhundert waren das Frauen, die zu allem bereit waren, um aufzusteigen, das nannte man eine Angot. Der Codec, ist erledigt. Le Touquet, werde ich noch erledigen, was kein Spaß sein wird. Die anale Penetration, ebenfalls nicht. Nichts ist besonders spaßig für mich. Das Auto, ihn im Auto lutschen, ihm Clementinen vom Schwanz, steif, abessen, die Pharaonen von Ägypten, der Tag, an dem wir nicht nach Carcassonne gefahren sind. Nancy, ich habe schon viel davon erzählt. Was gibt es denn noch anderes? Ich überlege. Es gibt die Süd- und die Nordhänge. Mit Mozart im Auto im Isère, wo wir für ein oder zwei Wochen ein Haus in einem kleinen Dorf gemietet hatten. Er zeigte mir die Süd- und die Nordhänge von jeder Seite der Straße aus, mit einer Musikkassette, Mozart oder Albinoni. Es war die Hölle. Das mit den Clementinen war dort. Ihn stoßen zu hören, das war in einem Hotel in London, um Ostern herum, in der Nähe von

Marble Arch. Die Restaurants, zu viele Restaurants. Viel zu viele Restaurants und Hotels, massenweise Kirchen, Kathedralen, interessante Sachen, wie zum Beispiel physische, geologische, geographische, direkt im Isère eine heiße Quelle. Weißt du denn, was das ist, eine heiße Quelle? Und wir sind los, uns die heiße Quelle ansehen. Der Isère-Führer, sein Vater hatte ihn ausgebrütet, als er bei Michelin arbeitete. Weder Haß noch Liebe noch Gleichgültigkeit, doch Anerkennung. Es war eben nicht in meinem beschissenen Châteauroux, daß ich heiße Quellen gesehen hätte, in meinem mütterlichen Milieu, dem Milieu, dem sie entstammt. Nein, und ebensowenig, daß ich dort Deutsch gelernt hätte, nein, auf der Ecke eines Cafétischs, nein, und genausowenig hätte ich nur so, kraft intensiven Lernens der ersten beiden Sätze einer Version, beim Abi in Latein 19 von 20 Punkten erzielt.

Le Touquet

Osterferien. Häufig zu Ostern. Es geschah in Le Touquet, daß er sich zum ersten Mal bis an mein Geschlecht vorgewagt hat. Bis dahin begnügten wir uns mit dem Mund, den Armen, wahrscheinlich mit den Schenkeln, stelle ich mir vor, mit Küssen, vielen Küssen. Mit zärtlichen Umarmungen im weitesten Sinne. In Le Touquet hat er starke Migräne. Wir sind in einem Hotel im Zentrum des Dorfes, das er ganz sicher mit Hilfe des »Guide Rouge« ausfindig gemacht hat. Ich benutze ihn übrigens immer noch, der ist genial. Meine Anerkennung. Ich weiß nicht, was er hat, aber er will unbedingt, daß wir uns »Mein Name ist Nobody« ansehen. Mit diesem Schauspieler mit den blauen Augen, dessen Name mir entfallen ist, Terence Hill? Terence Hill. Natürlich hat immer er die Filme ausgesucht. So kam es auch, daß ich mir »Aguirre, der Zorn Gottes« angesehen habe, was nichts für mein Alter war. Oder einen anderen Film, mit Alain Delon und Senta Berger, man hat sie nackt gesehen, man sah die ganze Zeit ihre Brüste, ich erinnere mich, wie irritiert ich war. Und daran, daß er sie hübsch fand. Und ich war eifersüchtig, was war ich nur für eine dumme Fotze. Was passiert ist, habe ich verdient, ich war dummfotzig. Dumm, Fotze, durch die Fotze rauskriechen, ausrasten, um mir zu erklären, daß man das nicht sagen durfte, aus Respekt vor den Frauen, daß man höflich sein mußte. »Aguirre, der Zorn Gottes«, ich kann nicht an Klaus Kinski denken, ohne an meinen Vater denken zu müssen, ich kann nicht an Nastassja Kinski denken, ohne daran denken zu müssen, daß sie mit ihrem Vater ein inzestuöses Verhältnis hatte, ich kann es nicht. Wir gehen spazieren, wir gehen zu Abend essen, wir essen zu Mittag, er zeigt mir eines Sonntagmittags Homosexuelle und erklärt mir, wie sie es machen, anal. Ich lernte das alles auf einen Schlag. »Mein Name ist Nobody« fand ich nicht gut, ich verstand nicht, warum er mich in diesen Film mitnahm. Er las für gewöhnlich Zeitungen. Jeden Tag mußten wir »Le Monde« auftreiben. Er las sie tagtäglich. Er riet mir, es ihm gleichzutun. Es kam vor, daß er im Restaurant saß und las, während ich ihm gegenüber saß. Daß er mir auch mal eine Seite anbot. Wahrscheinlich reizte mein Äußeres nicht immer dazu, mich anzusehen. Er hatte mich ja eine Stunde zuvor aus der Nähe gesehen, das sollte reichen, er würde mich ja auch wieder ansehen. Wenn es nicht langweilig war, war es anstrengend. Die interessanten Gespräche waren anstrengend. Bei mir zu Hause war die Welt völlig anders, in Reims, in der Champagne. In Le Touquet hat er häufig Kopfschmerzen gehabt. Er hat darum gebeten, ins Hotel zurückzukehren, um sich ausruhen zu können, im Dunkeln. (Das muß es auch am Sonntag gewesen sein, als Marie-Christine nach dem Kino nach Hause zurückkehren wollte und ich erneut einen Anfall hatte. Weil sie zurückkehren wollte, weil sie müde war, und weil ich lieber noch einen Spaziergang gemacht hätte. Sie kann das nicht nachvollziehen, und heute, Dienstag, den 22., reist sie nach Paris ab, zu Nadine, wir haben uns gestern am Telefon getrennt, nicht endgültig, endgültig haben wir uns etwas später getrennt.) Er hat mich gebeten, ihn zu begleiten, das wäre sehr nett. Ich wollte unbedingt nett sein, ich wollte ihm wirklich gefallen, ich wollte, daß er mich klasse findet. Er hat mich nie beschützt, ich erinnere mich zum Beispiel an keine einzige zärtliche Geste. Ich tue mir zum Beispiel an irgend etwas weh, er könnte meinen Arm nehmen und die Stelle mit einem Kuß bedecken. Nein. Oder er könnte die Bettdecke wieder über mich ziehen, damit ich nicht friere. Niemals. Meine Mutter war das genaue Gegenteil. Sie sagte nie zu mir, daß ich außergewöhnlich sei, ich war nie außergewöhnlich (»Sujet Angot«, den Narzißmus, den man mir vorgeworfen hat, habe ich also nicht zu verantworten), aber sie hat mir oft die Bettdecke wieder über die Schultern gezogen, ja. Oft. Sich oft um mich gesorgt, wie eine Mutter eben. Er hatte Kopfschmerzen, und er hatte das Bedürfnis, sich im Dunklen auszuruhen, in seinem Zimmer, die Läden zugezogen, so wenig Licht wie möglich, und wenn möglich, meine Hände, meine Hand auf seiner Stirn. Ich war sehr, sehr nett. Ich war wirklich sehr nett, er schätzte es sehr, das hat ihm so gut getan, ich könnte mir gar nicht vorstellen, wie gut ihm das täte. Sie waren so furchtbar, die Kopfschmerzen. Und es hat ihm so unendlich gut getan. Lieben Dank. Lieben Dank. Wie gut ihm das tat, wie gut das war, wie nett ich war. Es war auch nichts außergewöhnliches dabei, es war keineswegs kompliziert, ich lag ausgestreckt neben ihm auf dem Bett, die Läden waren zugezogen, was mir mißfiel. Es war schön draußen, ich fand es blöd, neben meinem Vater in den Osterferien eingesperrt zu sein. Und dann, nehme ich an, war es Zeit, unter die Bettdecke zu kriechen, in einem bestimmten Moment mußte er es vorgeschlagen haben. Es ist noch weiter gegangen, in Le Touquet hat er mein Geschlecht berührt. Er hat zu mir gesagt: weißt du, warum es feucht ist? Weil es dir gefällt. Ich bedaure das Feuchtsein unter diesen Umständen entdeckt zu haben.

Einmal machten wir einen Spaziergang. Wir waren mit dem Flugzeug angereist. Wir hatten kein Auto dabei. Er hatte gerade seinen Pilotenschein gemacht. Er hatte ein Flugzeug gemietet, wir flogen von Reims ab, er war zuvor aus Straßburg gekommen. Das konnte ich Véronique auf dem Schulhof erzählen. Er fragte mich nach dem Familiennamen von Véronique, wo sie wohnte, der genauen Schreibweise, und er erklärte mir die etymologische Herkunft, den Beruf ihres Vaters, Winzer, den Champagner Foureur. Wir gingen in den Wald, der Le Touquet umgibt, einen Pinienwald, in dessen Umkreis es wunderschöne Häuser gibt. In seinem Fachgebiet, Linguistik, schreibt er Artikel und hat ein Buch in Arbeit. Er ist ein Bewunderer von Champollion, er interessiert sich sehr für iberische Kultur, das wird sein großes Werk. Er hat einen Artikel über die Aussprache des *w* im Französischen geschrieben. Die Leute glauben, daß es wie *v* ausgesprochen wird, wegen des Wortes *wagon*, aber die französische Ausspracheregel verlangt ein *oueu*. *Wagon* ist nur eine Ausnahme deutscher Herkunft, *wagon*, Wagen, der Wagen. Wir kommen an Häusern vorbei, eines schöner als das andere, er scherzt, ist in der Stimmung zu scherzen: dieses da, fünfzigtausend Exemplare. Dieses da, oh, dieses da, gut hunderttausend. Für das da drüben müßte ich einen Kriminalroman schreiben, scherzt er. Ich, die ich noch nicht viel gesehen hatte, ich lache, fasziniert. Vielleicht wird es sich gar nicht gut verkaufen, Linguistik ist ein schwieriges Gebiet, was nichts über die Qualität aussagt. Da, dieses, oh, zweihunderttausend. Eine Million. Zwei Millionen. Hundertfünfzigtausend. Wir lachen. Wir haben uns soeben Flugzeuge angesehen.

Das Schloß

Osterferien, ein Jahr später. In Straßburg, in der Wohnung der Familie. Sie sind alle im Urlaub. Meine Ferien, ihre leere Wohnung. Ich schlafe im elterlichen Schlafzimmer zusammen mit meinem Vater im großen Ehebett. Ich sehe das Kinderzimmer, ihr kleines Universum. Sie sind weitaus jünger als ich, acht und zehn Jahre Unterschied, oder sechs und neun. Sie kennen mich nicht, wissen nicht einmal, daß es mich gibt. Ja, ich weiß, daß ich das bereits erwähnt habe, aber lassen Sie es mich wiederholen, wenn ich Lust dazu habe. Für eine Woche. Das ist lang, eine Woche. Wir sind Wochenenden gewöhnt, manchmal lange. Er arbeitet, ich weiß nicht, wie man sich um den Haushalt kümmert. Ich weiß nicht, wie das geht. Zwei, drei Sachen kriege ich hin, zwei, drei Sachen habe ich mir abgeguckt, ich sehe, wie meine Mutter es macht, aber mir fehlt die Übung. Er arbeitet. Ich habe Ferien, er nicht, er kommt zum Mittagessen und abends nach Hause. Ich langweile mich, ich schaue mir das Haus an, die Dekoration, den Geschmack von Élisabeth, insgesamt ist es niedlich. Meine Mutter wird mir bei meiner Rückkehr sagen »ich mag nichts Niedliches«. Im Badezimmer hatte sie eine ziemlich große Glasschüssel stehen, randvoll mit Phantasieketten, eine andere voller Wattebäusche. Es gibt Setzkästen von der Buchdruckerei, in denen winzige Objekte stehen. Es ist nicht die gleiche Wohnung, in der ich später mit Claude zu Besuch sein sollte (bei der Sache mit dem Codec, als nichts mehr da war), eine große Maisonettewohnung, sehr groß, mit zwei Terrassen, einen Katzensprung von der Orangerie entfernt, diesem großzügigen Garten, den er so liebt, den er ständig erklärt. Er erklärt alles. Iberische Kultur, Latein, die Orangerie, die Etymologie, Deutsch, die Aussprache des *w* im Französischen, die Politik, den Rassismus, die Tiere, die Namen der Pflanzen, alles, die Pharaonen Ägyptens, den Ursprung der Sprachen, die Sprachfamilien, Noah, Sem und seine Schar, das Indoeuropäische, Hindi. Alles ist klar. Morgens frühstücken wir in der Küche. Mittags kommt er zurück. Er sieht, daß die Milch nicht zurückgestellt ist, die Milchflasche, ich habe vergessen, sie zurückzustellen, weiß ich denn nicht, daß Milch sauer wird? Daß sie ungenießbar wird, wenn man sie nicht kaltstellt? Er kriegt einen Wutanfall. Seine Argumente finden kein Ende. Aber vor allem, das Schloß:

Wir gehen raus, es ist Mittagszeit. Die Tür fällt hinter uns ins Schloß, hinter uns, die wir auf dem Treppenabsatz stehen, die Schlüssel sind drinnen. Er fährt mich an. Ich bin doch wohl nicht auch noch für die Schlüssel verantwortlich? Darum geht es überhaupt nicht. Warum soll ich, ich allein, die Verantwortliche sein? Es liegt ja wohl nicht nur an mir, abzuschließen. Ich kann nicht mehr. Was soll denn das jetzt. Warum werde ich blöd angemotzt? Das verstehe ich nicht. Darum geht es überhaupt nicht. Natürlich bist du dafür verantwortlich. Du weißt einfach nicht, daß, wenn man bei jemandem zu Besuch ist, wenn man nicht bei sich zu Hause ist, daß man immer als zweiter eintritt, nach dem Hausherrn, der das Haus aufschließt und dem Besuch damit den Durchgang freigibt, der dann erst eintreten darf. Immer. Das ist eine elementare Regel der Höflichkeit. Mich wundert es sehr, daß du das nicht weißt. Und umgekehrt, wenn man das Haus verläßt, tritt man als erster hinaus, um dem Hausherrn die Möglichkeit zu geben, den Abschluß des Trupps zu bilden und sein Haus hinter allen anderen abzuschließen. Das Gesetz der Gastfreundschaft und des Gastes, darin ist er unschlagbar. Auch in seiner Anwendung ist er unschlagbar, wie öffnen, wie schließen? Wie an einer älteren Person vorbeigehen? Der Hausherr hat den ersten Kontakt mit der Tür, wenn man kommt, und er hat den letzten Kontakt mit der Tür, wenn man geht. Wir werden nun einen Schlüsseldienst rufen müssen. Glaubst du, daß mir das Spaß macht. Das kostet ein Vermögen. Vor vierzehn Uhr wird sich keiner finden lassen. Es bleibt nur eins, rauszugehen, spazierenzugehen, gezwungenermaßen, die Schlüssel drinnen, das Geld, die Brieftasche, alles drinnen. Ich: Aber warum bist du denn schon raus, wenn du noch Sachen mitzunehmen hattest? Ich habe gedacht, du seist fertig. Ich habe gedacht, daß ich raus konnte, weil du bereits draußen warst? Selbst wenn ich diese Regel der Höflichkeit nicht kannte, nein, ich kannte sie nicht. Mir ist erst viel später klar geworden, daß er wie ein Hausbesitzer die Spitze des Trupps in meinem Körper bildete. Ich habe gedacht, ich könnte raus, ich habe nicht erraten können, daß du noch nicht fertig warst. Natürlich war ich noch nicht fertig, ich war noch nicht fertig, weil ich weder Geld noch Schlüssel hatte, und du, du gehst raus, ziehst die Tür einfach hinter dir zu, es ist immer, immer, immer, immer der Hausherr, der Herr des Hauses, der Hausbesitzer, der Hausbesetzer, der Besetzer, der das zu machen hat, die Tür hinter sich zuzuschließen. Du durftest das nicht machen. Ich verstehe nicht, daß du diese elementare, grundlegende Regel der Höflichkeit nicht beherrschst. Und jetzt, der Schlüsseldienst, das Schloß, ein Vermögen. (Er hätte niemals scheißteuer gesagt.) Ein Vermögen. Er ist außer außer außer außer außer außer außer außer außer außer außer außer außer sich vor Wut. Ich würde am liebsten fliehen. Ich würde am liebsten fliehen können. Ich würde am liebsten meine Mutter sehen. Als ich heimgekommen bin, hätte ich es ihr beinahe erzählt. Ich habe mich noch im Bahnhof vor Augen. Wie ich zu ihr gesagt habe »es war furchtbar«. Aber was? Sein Charakter. Ich habe geantwortet sein Charakter. Sie hat mir gesagt, daß sie das weiß, daß sie ihn kennt, daß sie das keineswegs überrascht. Daß eine Woche sicher zu lang war. Es ist das erste Mal, daß ich meine Enttäuschung durchblicken lasse, aber nicht über das wahre Schloß, sagen wir es so. Zwei Stunden lang mit ihm durch die Straßen irren, das war furchtbar, um darauf zu warten, einen Schlüsseldienst zu rufen, in einem Viertel, in dem alles geschlossen war, ein Wohnviertel, wo es sowieso nichts gibt, er hatte keinen Wagenschlüssel, nichts, wir konnten nicht einmal das Viertel verlassen, am Nachmittag mußte er wieder arbeiten, er würde zu spät kommen, das war nicht das Schlimmste, aber die Dummheit, wegen dir ausgesperrt zu sein, und all die Sorgen zu haben, auf die ich gern verzichtet hätte, und das Vermögen, das es kostet, einen Schlüsseldienst kommen zu lassen.

Gare de l'Est

Ich führe dieses Beispiel an, aber das gleiche ist an anderen Orten auch passiert. Dieses habe ich noch gut vor Augen. Ich war wegen irgendeines Grundes X unerträglich, ich hatte einen schlechten Charakter, ich habe ihn verärgert, wegen irgendeines Grundes X war ich unerträglich, ich habe übertrieben, habe etwas Unpassendes gesagt, ich weiß nicht, ich weiß nicht mehr, er hatte die Nase voll. Er wollte mehrere Tage mit mir verbringen, aber nein. Es reicht. Wir sollten eigentlich die Tage bis Sonntag gemeinsam verbringen, aber nein, es reicht. Ob ich denn glaube, daß ihm das Spaß macht, mit dem Auto extra bis nach Straßburg zurückzufahren, also bitte, ich soll mich bloß nicht beklagen. Sinnlos zu insistieren, er kann auf keinen Fall bleiben. Er ist derart genervt, das es reicht. Hier jetzt sofort. Ich bin vierzehn oder fünfzehn. Ich bin jung, sogar noch klein. Um in einem Bahnhof auf den nächsten Zug nach Reims zu warten, zudem ist es kalt. Um meine Mutter zu treffen und zu hoffen, daß sie zwischenzeitlich nicht ihre Pläne geändert hat. Es ist mein Vater, mein Vater ist es, der mich sehen wollte, aber er hat es satt, er will nach Hause, er fährt nach Hause, er hat sein Auto genommen, er ist weg, er hat sich nicht um die Züge gekümmert, er hat mich allein am Gare de l'Est zurückgelassen, mit meiner Tasche, er hat mir Geld für die Fahrkarte gegeben. Er hat mir nicht angeboten, mit mir zu warten, die zwei oder drei oder vier Stunden, die mich vom nächsten Zug trennen, es ist kalt im Bahnhof, auf der linken Seite gibt es Plastikstühle, auf denen Leute sitzen, niemand wartet so lange wie ich. Er konnte einfach nicht mit mir warten, er mußte zurück, und zwar sofort, Straßburg liegt nicht gleich nebenan. Sitzengelassen, nur aufgrund eines schlechten Charakters oder entgegengesetzter Aussagen. Angst, Weinen, ich verstecke mich, ich habe meine Tasche. Zum Glück habe ich meine Tasche. Sie ist die einzige vertraute Sache in diesem großen Bahnhof, meine Tasche.

Es war auch von der Reise nach Carcassonne die Rede, wohin wir aber nie gefahren sind, es wurden haufenweise Versprechungen gemacht, aber nicht gehalten. Mit der Reise nach Rom ist es ähnlich. Sie verpassen, sie sabotieren. Das Leben sabotieren, es verpfuschen. »So etwas verpfuscht das Leben einer Frau«, wie der Andere in »Interview« gesagt hat, ja genau. Gewonnen, gute Antwort, gute Prognose, guter Wurf, gute Frage, guter Blickfang. Ja, genau das ist es. Ja, das ist wahr. Ja, genau, so etwas verpfuscht das Leben einer Frau. So etwas verpfuscht eine Frau, selbst das könnte man zu sagen wagen. Das ist Sabotage. Ja, so könnte man es ausdrücken. Dieses Buch wird aufgefaßt werden als Zeugnis über die Sabotage des Lebens der Frauen. Die Verbände, die gegen den Inzest kämpfen, werden sich darum reißen. Selbst meine Bücher werden sabotiert. Dieses Buch als ein beschissenes Zeugnis abzutun wird Sabotage sein, aber Sie werden es tun. So etwas verpfuscht das Leben einer Frau, so etwas verpfuscht das Leben einer Schriftstellerin, aber das ist, wie man so sagt, nicht weiter schlimm.

Rom

Anders als Sie am Schluß lesen werden, sind wir doch hingefahren. Wegen der Sabotage rede ich schon jetzt davon, das macht mehr Sinn. Ich öffne eine Klammer, um einzufügen, was sich nach Beendigung des Buchs abgespielt hat. Als ich die letzte Seite geschrieben habe, wußte ich nicht, daß wir nach Rom reisen würden. Ich bin zurückgekommen und habe Schluß gemacht. Wie geplant, ist Marie-Christine am 22. Dezember nach Paris gefahren. Das hat erneut sehr heftige Angstzustände ausgelöst. Erneut befand ich mich in einem unerträglichen Zustand. Ich möchte nicht darauf zurückkommen. Kurz vor ihrer Abreise am 22. haben wir miteinander gebrochen, diesmal schien es ernst zu sein, es gab zwar noch Hoffnung, aber nur eine sehr schwache. Ich erwartete Frédéric für den 24. morgens. Marie-Christine sollte am 25. um zwölf Uhr dreißig mit dem Flugzeug zurückkommen. Sie wünschte sich, daß wir an diesem Tag gemeinsam Weihnachten feiern würden, zusammen mit Frédéric, meinen Eltern und natürlich Léonore. Obwohl wir getrennt waren, selbst, wenn der Bruch sich bestätigte, wäre es nicht schlimm, Weihnachten könnten wir doch gemeinsam feiern. Ich war unerträglich, ich habe übertrieben, erneut, die beiden letzten Seiten, die ich gerade am 22. morgens geschrieben hatte, habe ich ihr am Telefon vorgelesen. Sie bekam eine Mittelohrentzündung, in Paris, Flugverbot, aber für den Fall, daß das Fieber nachläßt, eventuell der Zug. Zusammen mit Léonore habe ich sie am Bahnhof abgeholt, sie hatte die Geschenke vom Vortag dabei, eine Hose von Jil Sander in einer Einkaufstüte, außerdem Bettbezüge, CDs, Geschenke von fünfundzwanzig Leuten. Sie war auf einem Ohr taub. Sie wollte, daß ich sanft und nett zu ihr bin, ich war nicht sanft und nett zu ihr, im Gegenteil. Letztendlich ist Weihnachten gut verlaufen, sehr gut sogar. Aber am nächsten Tag fing es wieder an. Keiner von uns wollte mehr nach Rom. Wenn sie wollte, wollte ich nicht mehr. Wenn ich wollte, wollte sie nicht mehr. Das Delirium ging weiter, die Gewalt nahm an Kraft sogar zu. Wir sind nicht, wie geplant, am Sonntag abgereist, die Nacht im Hotel wurde uns dennoch berechnet. Schließlich sind wir doch abgefahren, aber viel später, Dienstag. Am Flughafen haben wir uns sechshundert Kröten stehlen lassen, im großen und ganzen ein einziges Für-nichts-und-wieder-nichts. Während der sechs Tage in Rom benahm ich mich wie ein Schloßhund. Ich heulte, auf den Straßen, im Restaurant, überall, auf einem Fahrrad, das wir geliehen hatten. Erneut hat sie mich beinahe geschlagen, ich habe zu ihr gesagt »nein, ich flehe dich an«. Sie hat es nicht getan. Dennoch war es furchtbar. Auf dem Rückweg haben wir uns endgültig getrennt. Es ist vorbei. Und dieses Mal ist es definitiv. Das war Sabotage auf der ganzen Linie. Wir hatten das Glück, in Rom sein zu dürfen und liefen mit Leichenbittermienen umher. Eines Tages sagte sie dann zu mir »komm, ich mache dir ein Geschenk, ich werde dir eine Venini-Vase schenken«, ich habe sie auf der Straße mit Absicht aus den Augen verloren. Sobald ich sie wirklich verloren hatte, lief ich zu Tode erschrocken los. Ich konnte sie nicht mehr finden. Die Straßen waren überfüllt. Ich bin zurück zum Geschäft, wo wir die Vasen gesehen hatten, ich bin zu Prada, ich bin zurück ins Hotel, ich habe ein weiteres Geschäft aufgesucht, das in Frage kam, sie war nirgendwo zu finden, die Straßen waren überfüllt, ich dachte daran, daß sie sich ihr Fahrrad geschnappt hat, um Ruhe vor mir zu haben. Das war unser letzter Tag in Rom, und unser letzter Tag. Ich bin wieder zurück ins Hotel, sie war noch immer nicht da. Ich habe eine Nachricht hinterlassen: Ich suche Dich, ich bin da und da und da hin, ich gehe wieder, aber ich komme zurück. Ich bin in ein Restaurant, das wir beide liebten, sie war nicht da, das Wetter war unglaublich schön, wir haben es nicht genossen, wir haben nichts genossen. Rom war verpfuscht wie mein Leben. Die Venini-Vase, über die ich mich so gefreut hatte, ebenfalls verpfuscht. Sie hätte mein Weihnachtsgeschenk sein sollen. Der gemeinsame Restaurantbesuch, verpfuscht. Claude, Judith und ihr Kind raubten mir den letzten Nerv, ich hatte Albträume, angeekelt nahm ich das Frühstück zu mir. Ich bin zurück ins Hotel, sie war noch immer nicht da. Ich habe mich auf mein Bett gelegt. Losgeheult. Wir hatten zwei Betten. Sie kam gegen fünfzehn Uhr dreißig, ich war derart froh, wie ich es nicht für möglich gehalten hätte. Aber es hat wieder angefangen. Vor der Venini-Vase sind wir noch bei Prada vorbei, nur um zu schauen, wir haben die beiden Stunden, die uns noch blieben, dort verbracht, der Laden war voller Leute, Ausländerinnen, Japanerinnen, man sprach mich auf Englisch an, ich spielte meinen Pierre Angot »I'm not english nor american«, ich war idiotisch, dämlich, dummfotzig, dumm, *bête*, Élisabeth, frivol, impertinent, stupide. Zur Zeit beschimpfe ich mich ständig selbst, mein Narzißmus hat in dieser Inzestgeschichte ganz schön einen abbekommen. Marie-Christine hatte sich auf den Boden gesetzt, sie hatte die Nase voll. Ich habe schließlich Schuhe genommen, die drückten, ich werde sie nicht tragen können. Wo ich mich doch so sehr auf eine hübsche Venini-Vase gefreut hatte, genau wie in meinem Leben, wenn sie doch nur ihre Versprechungen vom Anfang eingelöst hätte. Aber wir sind nicht mehr zusammen. Ich bin mit niemandem mehr zusammen. Ich glaube, es lohnt sich nicht mehr.

Sie will mich nicht mehr sehen, sie hat mir gesagt, daß sie mehrmals kurz davor war, sich umzubringen. Sie sagt mir, daß sie jetzt zuerst an sich denkt, daß sie ihre Haut retten muß. Daß es einschneidende Konsequenzen gegeben hat. Alles lastet auf meinen Schultern. Am Anfang der Trennung war ich ruhig, aber am Samstag hatte ich erneut eine Angstattacke. Mit Anrufen, Ohrfeigen gegen mich selbst, Brüllen und unzähligen Anrufe bei Marie-Christine. Um schließlich gestern anzurufen, kurzum, man muß ja vollkommen betrunken sein, um gestern anzurufen. Ich rief gestern Philippe an, meinen Halbbruder. Er klang unschlüssig, er wußte nicht, wem er glauben sollte, sein Vater hatte mit ihm darüber gesprochen, hatte ihm gesagt, ich würde fabulieren. Gut, was soll's, unwichtig. Ich habe wirklich die Schnauze voll, davon zu reden. Ich bin froh, daß das Buch zu Ende ist, froh. Ich habe auch schon den ersten Satz meines nächsten Buchs. Und zwar: »Ich werde meine Zeit nicht damit vergeuden, Philippe Angot anzurufen, Chef einer Firma für Ersatzteile alter Autos.« Das wird der erste Satz einer sehr langen Antwort auf ein imaginäres Interview über die Kunst sein. Die Schrift, die Kunst, das, was ich über die Grenzen gesagt habe, all das. »Inzest« ist wahrhaftig das Buch, in dem ich mich als einen großen Haufen Scheiße präsentiere, jeder Schriftsteller muß das einmal machen, danach sieht man weiter. Oder vielleicht auch mehrmals, oder vielleicht nichts anderes als das. Schreiben heißt vielleicht nichts anderes, als die große Scheiße in einem zu zeigen. Ganz bestimmt nicht. Sie sind aber auch bereit, alles zu glauben. Schreiben ist mehr als nur eine Sache. Schreiben ist alles. An der Grenze. Und zwar immer. Des Lebens, seiner selbst, des Stifts, der Größe und des Gewichts.

Seit dem Bruch habe ich von Marie-Christine zwei Briefe erhalten. Es ist hart, sie nicht mehr zu sehen. Gestern habe ich sie nur kurz zu Gesicht bekommen, sie hat mich nur kurz zu meinem Psychoanalytiker gefahren, gegen neun Uhr abends, zum zweiten Mal an diesem Tag, es war bereits Nacht, es war kalt, ich habe sie gefragt, ob sie mich nicht begleiten könnte. Ich erwartete eine Weigerung, um ihre Haut zu retten, möchte sie mich wirklich unter keinen Umständen mehr sehen. Sie hat jedoch zugestimmt, ist um neun Uhr gekommen, mich abzuholen, und um zehn Uhr hat sie mich zurückgebracht. Ich hätte gern ein wenig mehr Zeit mir ihr verbracht, aber sie will nicht mehr, sie sagt, daß ich sie zu sehr in Gefahr bringe. Ich weiß nicht, ob das stimmt. Alles ist immer mein Fehler. Das muß man mit Vorsicht genießen. Seit dem Bruch hat sie mir zwei Briefe geschrieben:

6. Januar 1999 Christine Ein Tag nach dem anderen natürlich bin ich traurig ohne Dich es ist sehr schwer jemanden zu lieben mit dem die Liebe unmöglich ist ich fürchte daß dieser Zustand von Traurigkeit anhält Ich denke so häufig an Dich Alles erinnert mich an Dich an uns und uns darf ich nicht mehr sagen MCA

7. Januar 1999 Christine Ein Tag folgt dem anderen eine Stunde der nächsten nicht weiter denken als bis hierhin sich auf den Moment konzentrieren nicht daran denken daß Dein Körper weit von meinem ist daß Du heute Abend nicht in meinen Armen liegen wirst daß ich nicht mit Dir essen mit Dir ins Kino gehen mit Dir in Urlaub fahren werde daß ich

nicht mit Dir schlafen werde daß ich nicht Deinen Nacken sehen werde Deine Augen Ich habe sie vor meinen Augen Am Sonntag abend traurige zu Tode erschrockene Augen Nicht mehr wissen was tun zuviel Hoffnung zuviel Hoffnungslosigkeit ich weiß nicht mehr was tun um nicht endlos an Dich zu denken Zugleich weiß ich daß ich standhalten muß Tag für Tag versuchen muß wieder anzufangen zu leben zu hoffen aber was hoffen in welche Richtung gehen Ich denke zu oft an Dich MCA

Gestern abend um neun Uhr stieg ich zu ihr ins Auto, es war mild draußen, es lief Musik, »La Bohème la bohème«, von Charles Aznavour. Ich steckte in einem kleinen Cockpit, angenehm warm, aber nur für die Zeit der Fahrt. Es ist wirklich, wirklich, wirklich vorbei.

Wir werden uns nicht bemitleiden. Ich werde meine Zeit nicht damit vergeuden, Philippe Angot anzurufen, Chef einer Firma für Ersatzteile alter Autos. Aber ich werde genauso wenig Gefallen finden am Honigsüßen. Also:

Zusammen mit Marc

Ich bin sechzehn. Marc dreißig. Ein Freund meiner Mutter, er wird mein erster Liebhaber, er stammt aus Indien, arbeitet als Chemieingenieur bei Henkel. Er trifft meinen Vater, sagt ihm, daß damit Schluß sein muß, mit der analen Penetration, er sagt zu mir, daß das für mich gefährlich sein könnte. Er spricht mit meinem Vater darüber. Wir gehen eines Tages alle drei ins Kino, ich wohne bei Marc und mein Vater im Hotel, ich bin nicht bei ihm. Aber im Kino, ein Science-fiction-Film mit Charlton Heston, »Soylent Green«. »Soylent Green.« Ich streichle beide Schwänze, weil ich zwischen den beiden sitze.

Das ist die schlimmste meiner Erinnerungen. Ich tue es, um meinen Vater nicht auszuschließen, er fühlt sich ja auch so schon von mir ausgeschlossen, weil ich mit Marc zusammen bin und auch noch das Geheimnis verraten habe. Ich hasse es, darüber zu reden. Ich könnte niemals mit Marie-Christine darüber reden, das ist zu ekelhaft. Selbst in ihren Armen nicht. Selbst wenn sie zu mir sagt, daß sie das nicht abstoßen wird. Ich habe mehrmals einen tollen Lapsus begangen. Ich zitierte einen Satz aus »Les Autres«, den Satz der kleinen Araberinnen, die sagen »weil fast alle Leute, die schreiben, ekelhaft sind«, und ich habe es umgekehrt zitiert: weil fast alle Leute, die ekelhaft sind, schreiben.

Anale Penetration

Das Dorf lag im Isère. Dort muß es passiert sein. Er hat eine weit abgelegene Apotheke aufgesucht, um Vaseline zu holen, und er ist fündig geworden. Nicht vor dem Versuch, sondern danach. Ich beklagte mich. Er aber hat mir mein Glück vor Augen geführt, nur sehr wenige Männer machen das, das könnte möglicherweise eine meiner wenigen Chancen sein, wenn nicht sogar die Chance meines Leben, das zu erfahren, diese Empfindung zu erfahren, die bestimmte Frauen, die viele Frauen lieben, aber darüber klagen, daß ihre Ehemänner es kaum tun, und ihre Liebhaber meistens auch nicht.

Aufhören

Immer wieder habe ich ihn gebeten aufzuhören. Ich habe ihm gesagt, daß ich keine Vorteile darin sehen könnte, und daß ich Angst hätte, Störungen zu bekommen, richtige Angst, er hat die Vorteile gesehen: im Gegenteil, du lernst, wie ein

Mann ist, der dich liebt. Ich trug damals im Isère oft einen schottischen Rollkragenpulli, den ich wirklich liebte, rot und beige. Er liebte ihn auch, warum? Weil sich meine Brüste darunter so schön abzeichneten. Dieser Pulli, den ich immer geliebt habe, ekelte mich an, ich hätte es vorgezogen, daß er nur den Pullover liebt. Er hat Fotos gemacht.

Die Uhr

Grenoble liegt in der Nähe. Mein Geburtstag rückt ebenfalls in die Nähe. Mein Geburtstag ist für ihn kein wichtiges Datum, aber wir sind nur einen Katzensprung entfernt, er wird mir ein Geschenk machen, wir suchen es gemeinsam aus, es ist eine silberne Uhr, das starre Armband ist auch aus Silber.

Clementinen

Er hat Einkäufe gemacht. Er ist nackt. Wir verlassen das Haus im Isère so gut wie nie, gehen kaum aus. Wohl aber unternehmen wir kleinere Wanderungen, er liebt die Natur sehr, er liebt die Ruhe sehr, er liebt es in den Bergen und auf den Wegen zu wandern. Wenn wir jemanden treffen, sagt er laut guten Tag. Das ist höflich. Das macht man so. Er macht das so. Ich muß es auch so machen. Ich muß höflich sein. Er legt Clementinen auf sein Geschlecht, damit ich sie davon abesse. Das ist ekelhaft, ekelhaft, ekelhaft, ekelhaft.

Die Nahrung

Ich habe ihn in dem Straßburger Bahnhofsrestaurant kennengelernt. Er hatte Choucroute bestellt. Sauerkraut zu Mittag. Das ist hier die Spezialität, angeblich soll sie gut gewesen sein in dem Straßburger Bahnhofsrestaurant. Er hatte die Angewohnheit, üppig zu Mittag zu essen. Ich finde Leute ekelhaft, die üppig zu Mittag essen. Oft haben sie dann Ausdünstungen. Ich hasse Mundgeruch, der vom Essen herrührt. Mundgeruch aufgrund von Medikamenten oder Müdigkeit, o.k., aber aufgrund dessen, was man gegessen hat, widerlich. Das Widerlichste war: Knoblauch, rohe Zwiebeln, Schalotte, Saucen, Sauce béarnaise, Schnittlauch, selbst Fleisch, vor allem mittags. Ich habe mit ihm Restaurants entdeckt, gute Restaurants, angenehme Restaurants, Sterne-Restaurants, ich war ein Kenner der Auszeichnungen, die der Guide Michelin vergibt, die unterschiedlichen Sterne, Bestecke. Rot, schwarz. Oft nahm ich geräucherten Lachs. Ich habe zum ersten Mal Froschschenkel gegessen. Geräucherter Lachs mit Toast, gegrillt, warm, lauwarm. Manchmal machte mir das Gespräch dennoch zu schaffen. Und die Aussicht auf die Siesta. Als ich geboren wurde, war er hager, es gab eine Zeit, in der er fett gewesen ist, damals war er vollschlank. Er ähnelte dem Schauspieler Jean-Louis Trintignant, nur weniger schön, er hatte das gleiche Lächeln, die gleichen Zähne, nicht die gleiche Stimme, aber den gleichen Mund, die gleichen Lippen, die gleiche Art. Die gleiche Art sich anzuziehen, sportlich.

Ich habe nicht das Bedürfnis, ihn zu beschuldigen. Monster gibt es nur im Märchen. Ich habe kein Bedürfnis, ihn zu beschuldigen, noch zu entschuldigen. Es gibt nur eine Sache, die zählt, die Markierung. Und er hat mich markiert.

Sätze, die die Gesten begleiteten

Die Woche in Straßburg, als die anderen im Urlaub waren. Ich verbringe meinen bei ihnen, eine furchtbare Zeit, ständiges Anmotzen. Wegen der Milch, wegen der Schlüssel. Ich erinnere mich an einen Satz. Wir sind gerade im elterlichen Schlafzimmer, »im elterlichen Schlafzimmer«, ich hatte vorgeschlagen, in Mouchis Zimmer zu schlafen, »nein, im elterlichen Schlafzimmer«, mit einer gewissen Ironie, einer Pointe intoniert, ein Spiel, alles ist ein Spiel. Er hat sich ausgestreckt und ich sitze auf der Bettkante. Er betrachtet mich, ich bin über ihn gebeugt, er sagt zu mir »du bist schön, sehr schön, du wirst einmal um sehr schöne Männer werben können«. Was für ein Geschenk, was für ein Gedanke, sehr schöne Männer zu haben, kam mir niemals in den Sinn, ich hätte es niemals gewagt, so schöne Männer umwerben zu wollen. Zugleich ist es eine gute Neuigkeit, eine unerwartete Neuigkeit, die ich da erfahre, aber inzwischen wäre »du *hättest* werben können« angemessener. Denn ich bin mir darüber im klaren, selbst, wenn ich *hätte* werben können, wäre es nun vorbei. Er verkündet diese Neuigkeit, gerade er verkündet sie, die von niemandem vor ihm verkündet worden ist, sie ist verdorben, seine Neuigkeit. Die Frucht sprießt aus dem Boden, sie hätte sehr schön sein können.

»Du hast eine sehr zarte Haut, genau wie deine Mama.«

Er verglich die Größe der Brüste, meine, die meiner Mutter, Élisabeths und die der damals aktuellen Geliebten, Marianne. Ich war auf Marianne eifersüchtig. Sie war Studentin, eingeschrieben für Politikwissenschaften, sie war jung, sie war frei, er war in sie verliebt, und inzwischen ist reichlich Zeit vergangen, seit er sie das letzte Mal gesehen hat. Sie hatte in seinem Leben einen wichtigen Platz eingenommen, Studentin, jung, frei, schlief sie mit nicht gerade wenigen Typen, einem Schwarzen sogar, mit dem er sie mal gesehen hatte. Sie machte es ohne Umschweife, wenn sie das Gefühl hatte, daß es »schön sein könnte«, gelegentlich. Sie hätte seine Tochter sein können, ich war eifersüchtig auf sie, nicht auf Élisabeth, deren Geschlecht »nach verdorbenem Fisch roch«, er leckte sie nie. Das sei etwas, was er eigentlich nicht mochte, so sagte er zu ihr, den eigentlichen Grund vermochte er ihr nicht zu sagen. Mir sagte er ihn. Und auch, etwas anderes, die Grimasse, die sie beim Orgasmus zog, er ertrug es nicht, in diesem Moment ihr Gesicht zu sehen. Das hatte er ihr gesagt, jedesmal aber tat sie es wieder, wahrscheinlich war sie sich in diesem Moment ihres Gesichts nicht bewußt, sonst hätte sie wohl darauf geachtet. Des weiteren eine Deutsche, eine gewisse Brigitte, meine Mutter kannte den Namen noch, ich hatte ihn bereits vergessen. Die Brüste dieser Deutschen, Pampelmuse, meine, Orange, die meiner Mutter, Zitrone. Élisabeths, Orange, und übrigens kein schlechter Körper, eine hübsche Taille. Und nett, vor allem nett, und vor allem sehr aufmerksam. Dumm aber nett. Zwei Probleme, das Gesicht und das Geschlecht. Mariannes, Zitrone, »ganz kleine und selbst überhaupt keine Brüste können auch sehr reizvoll sein«. Mir reicht's. Eines Morgens, ich lag wieder einmal in den Armen von Marie-Christine, hatte ich wieder angefangen. Ich hatte ihr von den Clementinen erzählt, von der Milch, dem Schloß, sie kannte das bereits, von der Höflichkeit, dem völlig fehlerfreien Französisch, dem perfekten Akzent in Fremdsprachen. Vom verdorbenen Fisch, von Marianne, auf die ich eifersüchtig war. Von dem Foto, das ich von Philippe und Mouchi besaß, er hatte es mir gegeben, als ich ihn mit vierzehn kennengelernt hatte, ich wollte zumindest ein Foto von ihnen haben. Mouchi trug einen kleinen Schottenmantel, sie lächelte, mein Onkel hat eines Tages gesagt, daß Philippe mir ähneln würde. Das war ein ziemliches Ereignis. Meine Mutter wollte diese Ähnlichkeit nicht sehen oder sah sie tatsächlich nicht. »Du hast eine sehr zarte Haut, genau wie deine Mama«, auch das habe ich ihr erzählt, ich habe ihr das erzählt, während ich sie streichelte, den Rücken, ganz, ganz ruhig. Später ist sie dann mit ihrem Hund Baya spazierengegangen, eine Runde am Ufer des Lez entlang, sie ließ mich in Ruhe arbeiten, bevor wir ein, zwei Besorgungen für Weihnachten erledigen wollten. Wir wollten den 25. gemeinsam verbringen. Sie sollte um zwölf Uhr dreißig am Flughafen ankommen. Den ganzen ersten Weihnachtstag sollten wir für uns haben, Frédéric, der am 24. sehr früh morgens mit dem Zug aus Paris kommt, wird da sein, meine Mutter und André werden da sein, und natürlich Léonore. Die, wie ich, die Füße und Hände meines Vaters hat.

Ich konnte zuhören, mit mir war alles möglich, Clementinen und vor allem reden. Heute morgen sagte Marie-Christine zu mir »eine merkwürdige Art Naivität, alles ist möglich, man traut ihm alles zu, er ist jenseits von Gut und Böse«. Perversion, sagte Marie-Christine, Lacan sagt, *la version du père*, die Version des Vaters. Sobald ich ihn kennengelernt habe, war seine Version immer die einzige Version, war sie die Referenz, die einzig gültige, war sie die den anderen überlegene Version, die allen anderen überlegene. Der Übertragung der lateinischen Version, der deutschen, englischen, spanischen, iberischen, tschechischen, ungeachtet der Mundarten, der Dialekte, der Version Angot. Selbst die Religion, nur dummes Zeug. Sätze:

Ich hatte zarte Haut.

Ich werde sehr schöne Männer haben können.

Ich war schön.

Ich war frei.

Mit mir konnte man über alles reden, selten traf man auf jemanden wie mich (jemand so freies).

Ich war intelligent.

Liebst du es, eine Frau zu sein? Ich mochte diese Frage nicht. Wenn ich sie aufkommen spürte, fühlte ich mich jedes Mal unwohl. Ohne genau zu verstehen, warum. Es schien, als sollte sie ausdrücken »ich wäre nämlich ungern eine«, aber vielleicht war es auch anders. Auf jeden Fall gab ich etwas zur Antwort, was ich noch weniger mochte als die Frage. Eine Antwort, die mir mein ganzes Leben lang schamvoll in Erinnerung bleiben wird. Ich antwortete »in diesem Augenblick, ja«. Zusammen mit »Soylent Green« ist das meine schlimmste Erinnerung.

Ich kriege einen hoch, ich kann nichts dagegen tun.

Als ich dich gesehen habe und du ein kleines Baby warst, in deiner Wiege, hatte ich kein Interesse. Du hast mich damals nicht interessiert. (Es war schwierig, ihn für sich zu gewinnen. Selbst für mich.)

Wir ähnelten uns. Wie in einem Spiegel, dessen Bild sich in weiter Entfernung aufbaute, erkannten wir uns. Unglaublich.

Ich hatte Brüste in der Größe von Orangen.

Ein enges Geschlecht, recht eng sogar, und sehr frisch. Marianne, bei ihr war es auch frisch, aber vielleicht nicht ganz so eng. Sie schlief ja mit vielen Männern. Er wünschte, daß ich später die gleiche sexuelle Offenheit besäße.

Der Begriff der frischen Quelle. Morgens, abends.

Weitere Sätze, sehr viel später:

Ich bin achtzehn, ich bin mit Pierre zusammen, er ist sehr schön, aber wir schlafen seit kurzem kaum mehr miteinander. Eines Tages treffe ich meinen Vater, es läuft nichts mehr, die Lage ist angespannt, er fragt mich über mein Leben aus, ich zeige ihm eine Schwarz-Weiß-Aufnahme von Pierre, sonnengebräunt, in einem Flugzeug aufgenommen. Ich sage meinem Vater, daß ich nicht besonders sinnlich bin. Er widerspricht: du irrst dich, das liegt am Mann, oder aber »man ist mit achtzehn weniger sinnlich als mit fünfzehn«.

Deutsch

Eine Sprache zu lernen war einfach. In Reims kam ich auf eine Schule, die als erste Fremdsprache Deutsch anbot, ich hatte bereits mit Englisch angefangen. Die anderen hatten schon drei Jahre Deutsch hinter sich, ich nicht. Es war einfach. Er, Spanisch usw., Grammatik, eine gute Grammatik, Vokabeln. Aber es gab ja einen Lehrplan, Lektionen. Nein, wenn ich tatsächlich Deutsch lerne, wenn ich tatsächlich Deutsch sprechen kann, können sie mich bei der Abschlußprüfung nicht durchfallen lassen.

Er hatte auf alles eine Antwort. Ich hatte Angst, Schäden davonzutragen, auch wenn die Pharaonen Ägyptens ... aber nein, auf diese Weise lernst du, wie ein Mann zu sein hat, der dich liebt.

Die Höflichkeit

Diese Frau hättest du vorlassen müssen.
Man sagt für »dagegen« nicht *par contre*, sondern *en revanche*.
Man darf den Verneinungspartikel nicht auslassen.
Auf dem Land grüßt man die Leute, denen man begegnet.

Er war unschlagbar, was die Regeln der Höflichkeit anging, die Regeln der Grammatik, in allen Sprachen, die Regeln der Aussprache, der Anwendung. Er war sehr gebildet. Man konnte den Eindruck gewinnen, daß er auf bestimmten Gebieten alles wußte. Die Süd- und Nordhänge, wenn man bei einer Bergwanderung jemanden trifft, den man nicht kennt, dann grüßt man ihn.

Nizza

Er trat durch die Verandatür ein. Er will einige Tage bleiben und mich dann nach Carcassonne mitnehmen. Ich träume davon, einmal dorthin zu kommen, dort wurde er geboren, dort also habe ich meine Wurzeln. Über seine Mutter bin ich katalanischen Ursprungs, ich sehe dieser Frau (derjenigen, die sich umgebracht hat) ähnlich. Ich habe ihr Gesicht und ihre Figur gesehen, als sie siebzig war, ich weiß also, wie ich mit siebzig aussehen werde. Ich werde genauso aussehen. Er schläft in meinem Bett. Er penetriert mich. Claude schläft unten, wir sind getrennt. Eines Morgens, beim Aufwachen, habe ich eine Vision von ihm als Monster. Ich sage ihm das, er wird wütend, entscheidet, allein nach Carcassonne zu fahren, und zwar früher als geplant. Ich weine, ich gehe runter, um Claude zu sehen, ich bin sechsundzwanzig. Ich nehme mir vor, ihm zu sagen, daß es seit Nancy wieder angefangen hat. Er weiß es bereits, er hat uns diese Nacht gehört, die Matratze hat geknarrt. So wird Claude zu meinem Herrn. Damit ist Schluß, ich werde meinen Vater nicht mehr anrühren, und auch er wird mich nicht mehr anrühren.

Ich war ein Hund, ich war auf der Suche nach einem Herrn. Und ich bin noch immer ein Hund, und noch immer suche ich einen Herrn. Wenn er mir ins Gesicht bellt, wie gestern Marie-Christine am Telefon. Das ist normal, ich tat alles dafür, daß. Ich bin eine Verrückte, man sperrt mich nicht ein, weil ich schreibe und mich das zusammenhält. Ich versuche, ein Monster zu sein, vielleicht wie er, ich bin verrückt, wie er, das macht alles kaputt, wie er, ich spreche meine Sprache perfekt, wie er, ich bin unerträglich, wie er, ich bin charmant, vielleicht, wie er, ich bin dunkelhaarig, wie er, ich habe kleine Hände, wie er. Ich bin ein Hund, ich suche einen Herrn, niemand will mehr mein Herr sein. Und er, würde er noch einmal akzeptieren, mein Herr zu sein? Würde ich mich noch immer darauf verstehen, ihm zu gehorchen? Würde ich mich noch immer darauf verstehen, ihm hier und heute seinen alten Schwanz zu lutschen, immerhin möglich, daß er sein Gedächtnis wiedererlangt. Würde ich mich noch immer darauf verstehen, wie damals in der Kirche in den Savoyen, in diesem Dorf, wo die Dächer bedeckt waren mit *Lauzes* (wieder so ein Wort), *Lauzes*, flache Steinplatten, ihn im Beichtstuhl zu lutschen, wie er mich gebeten hatte. Am Sonntag war ich mit Marie-Christine bei Bekannten, Patrick scherzte, sprach vom Vorabend, als er, den Film »Pédale douce« zitierend, gesagt hatte »nicht das Hirn ist es, was man lutscht«. Nicht das Hirn war es, was ich lutschte. Und so wurde ich verrückt. Es ist nicht sehr höflich, so zu sprechen. Ich beende dieses Buch, wie ich es begonnen habe, sprich in einem völligen Zusammenbruch, zwischenzeitlich gab es eine Phase der Beruhigung, aber nur von kurzer Dauer. Nicht das Hirn war es, was ich lutschte, Marie-Christine, hörst du mich? Sie will mich nicht mehr sehen, wir hatten begonnen miteinander zu reden, nun will sie mich nicht einmal mehr sehen. Wir hatten uns gesagt, daß die Lösung vielleicht darin liegen könnte, daß ich es ihr erzähle. Daß ich ihr sage, was ich erlitten hatte. Aber heute abend, Marie-Christine, fährst du über Weihnachten nach Paris, zu Nadine, du wirst Weihnachten feiern, fünfundzwanzig Leute werden zusammen Weihnachten feiern, ich werde allein sein, Frédéric wird kommen, damit ich nicht allein bin. Wir hatten gesagt, daß wir den 25. gemeinsam verbringen werden, haben uns aber zuvor getrennt. Wir werden nicht nach Rom fahren. Wir werden den 25. nicht gemeinsam verbringen. Weißt du, warum das alles? Weil es in diesem Dorf in den Savoyen, dessen Häuser mit flachen Steinplatten bedeckt waren, einmal eine Kirche gab, eine Kirche, deren Kreuzgang von außergewöhnlicher Schönheit war, und weil der Beichtstuhl meinen offenen Mund zu sehen bekommen hat, gebeugt über das Geschlecht meines Vaters, der dort dann doch nicht ejakulieren wollte, weshalb ich es im Wagen zu Ende bringen mußte. Nicht das Hirn war es, was ich lutschte, bist du dir darüber im klaren, ich hätte schöne Männer haben können, ich hätte die Filme von Nadine lieben können, ich hätte gemeinsam mit dir Weihnachten verbringen können. Sehr schöne Männer haben, oder aber mit dir zusammen sein. Aber nein, Marie-Christine, da siehst du es. Du fährst heute abend weg, die Tickets nach Rom wurden storniert. Du wirst deine Familie wiedersehen, ich heule wie ein Hund, der ich bin, Weihnachten feiert man nicht mit seinem Hund. Dumm sind sie, die Hunde, du läßt sie einen Plastikknochen lutschen, und dumm wie sie sind, die Hunde, glauben sie dir. Sie sehen nicht einmal, was sie lutschen. Es ist furchtbar, ein Hund zu sein.

Anmerkungen zur Übersetzung

Die vorliegende Übersetzung verzichtet mit Rücksicht auf den Textfluß auf Anmerkungen oder Fußnoten. Wortspiele im Originaltext, deren Übersetzung nicht ohne Sinnverlust zu leisten ist, wurden zweisprachig integriert, das französische Original steht dabei in der Regel vor seiner deutschen Übertragung und ist durch ein Komma abgetrennt.

Offensichtlich als Anspielung dienende Zitate aus dem Roman »À l'ami qui ne m'a pas sauvé la vie« von Hervé Guibert wurden aus der 1991 im Rowohlt Verlag erschienen Übersetzung »Dem Freund, der mir das Leben nicht gerettet hat« übernommen und entsprechend den von der Autorin vorgenommenen Veränderungen angeglichen. Die beiden Zitate von René Char wurden aus dem 1992 im Fischer Taschenbuch Verlag erschienenen Band »Die Bibliothek in Flammen« entnommen und ebenfalls angeglichen.

Die im Roman erwähnten Personen werden nicht näher in einem Glossar erläutert, da sie sich auch für den deutschen Leser ausreichend aus dem Zusammenhang erklären.

Die im Roman erwähnten Filmtitel werden, soweit eine entsprechende deutschsprachige Übersetzung vorliegt, mit diesem Titel genannt. Französische Filmtitel, die nicht oder noch nicht in deutscher Übersetzung vorliegen, wurden als Originaltitel beibehalten. Englische Originaltitel werden angeführt, wenn sie im Deutschen geläufig sind.

Die teils abweichende Zeichensetzung folgt systematisch der des französischen Originals.

Trojanische Pferde 1

David Grand

LOUSE

Roman
Aus dem Amerikanischen
von Michael Zöllner
280 Seiten, gebunden
ISBN 3-932170-33-4 38,- DM
www.louse.de

Im Penthouse eines Casinos in der amerikanischen Wüste hat sich der exzentrische, an Howard Hughes erinnernde Tycoon Herbert Horatio »Poppy« Blackwell ein isoliertes Reich samt Bediensteten, Ärzten, Buchhaltern und Technikern geschaffen, die bedingungslos seinen nostalgischen Träumen und seiner paranoiden Angst vor Infektionen unterworfen sind.

Die fensterlosen Gänge und sterilen Flure, die Poppys Zimmer umgeben, verbergen sowohl vor der Welt als auch vor den Angestellten seine abenteuerliche Vergangenheit als gefeierter Rekordflieger, illustrer Filmproduzent und genialer Konstrukteur.

Herman Q. Louse ist Blackwells medizinischer Helfer, unfreiwilliger Vertrauter und machtloser Beschützer. Er erinnert sich weder an die Zeit vor seiner Tätigkeit in der »Zufluchtsstadt G.«, noch hat er eine Vorstellung davon, wie die Welt außerhalb dieses keimfreien Gefängnisses aussieht.

Während Louse seine zunehmend bizarrer werdenden Pflichten verrichtet, entdeckt er, daß Blackwells minutiöse Pläne für ein artifizielles Paradies durch eine Verschwörung unterwandert werden und zu scheitern drohen. Gleichzeitig bietet sich ihm dadurch die Möglichkeit, auf den Mann zu treffen, der er einst war.

Trojanische Pferde 2

Holger Geyer

BAIKONUR

Roman
280 Seiten, gebunden
ISBN 3-932170-39-3   38,- DM

Baikonur, der legendäre russische Weltraumbahnhof in Kasachstan, ist das Ziel der unterschiedlichen Sehnsüchte einer Gruppe von Reisenden in einem alten Volvo. Da ist der magenkranke Tornadopilot Chlodwig Beck, den die Suche nach dem Grab seiner Frau nach Ungarn führt. Die Raumfahrtexpertin Margret Tuschka treibt ihre Passion für »letzte Flüge« – das Gegenteil von Jungfernflügen – in den Osten. Dem skrupellosen Gebrauchtwagenhändler Jacob Van Hullsen ist zur Erfüllung seines Lebenstraums, einmal ins All zu fliegen, jedes Mittel recht. Und dann ist da noch die ebenso schöne wie verzweifelte Tschechin Jana, die eigentlich in den Westen will, dafür aber den Umweg in Kauf nehmen muß.

Die Figuren dieses Romans sind in ein osteuropäisches Roadmovie eingeflochten, das vor dem Hintergrund des zerfallenen Sowjetreichs spielt und sich mit andauernder Fahrt in eine Reise durch den wilden Osten verwandelt. Dabei passiert das ungewöhnliche Quartett bizarre Landschaften, äußerst eigenwillige Städte und ein kleines Dorf, das nicht ganz zufällig die höchste Selbstmordrate der Welt aufweist. Kälte, Gewalt, unzählige Pannen und eine Serie grotesker Flugzeugabstürze machen den Trip vom fiktiven Provinznest Seydelheim nach Baikonur zum Überlebenskampf und zur Reise ins Ich der Fahrgäste.